仮面の花嫁

伊勢さつき
Satsuki Ise

文芸社

本書は事実に基づいたフィクションである。

目次

プロローグ

全国的に猛暑が続き、ようやく首都圏に秋風が吹き始めた一〇月中旬、相沢政子はかつての実家があった場所に一人でやってきた。父の死後、一部の相続分を残して母屋のあった敷地跡には五軒の大きな民家が美しく建ち並んでいる。

父との思い出である、地続きの離れと隣接する一〇七坪の土地に建つ三軒の借家は、政子の妹・弓子が相続していた。

政子は懐かしい離れに入ってみた。父が健在だった頃、ここには数々の貴重な骨董品や絵画が納められていたが、父の葬儀のあとに、すべて持ち去られてしまい、いまはもう何も残っていない。形見として弓子が大切に保管していた物も、今回の「一件」ですべて運び出されてしまった。

政子は二階へ上がり、窓を開けてみた。昨年まではここから母屋と庭が見渡せたものだった。父や母、弟や妹と過ごした思い出の実家。父の趣味でたくさんの樹木が植えられた広大な庭は、春になるとウグイスの鳴き声で目覚め、夏には元気なセミの鳴き声が響き渡り、秋には木々がたくさんの実をつけて、果物好きの政子たちを楽しませてくれた。冬の朝には池に氷が張り詰め、霜柱を踏みしめて歩いた。ここに住んでいるだけで、季節の移ろいを感じることができた。

窓からの眺めはすっかり変わってしまったが、見納めとなるこの離れと、弓子が相続したばかりの借家の最後の光景を、しっかりと目と心に焼きつけた。

政子は一階へ下りた。南向きの窓から差し込む夕日が室内に大きな影を作り、本棚の下に敷いてあったのであろうか、古新聞が一枚、その陰に隠れるように落ちていた。政子はその新聞を拾って日付を見た。

〈平成一四年三月……〉

四年前のものだ！　あの頃は、まさかこんな「大事件」が起こるとは思っていなかった。父と母が身を削るようにして働き、築いて残してくれた弓子の相続分。それを近親者の狡猾な企みで人手に渡さなければならなくなるとは……。怒りと悔しさが再び込みあげ、政子は新聞紙を強く握りしめた。

「お父さん、ごめんね。こんなことになってしまって……」

優雅な独身貴族を謳歌していた弓子は、突然の結婚話に歓喜した。幸せなバラ色人生設計図に夢中になり、地獄行きの切符を手にしてしまっていたなどとは思いもしなかったであろう。

「イケメン詐欺男」を計略通りに送り込み、弓子を陥れた黒幕は果たして……。

第一章　山川家のあゆみ

父・義郎の生い立ちと煎餅屋開業

政子の父・山川義郎は大正二年に群馬県のある農村で生まれた。地元の高等小学校を卒業したあと、一五歳の時に横浜にいる長兄の世話で煎餅屋の丁稚となった。生来、真面目で働き者の父は、ここで七年間修業をした。誠実で素直だった父は親方の評価も高かったようである。

「年季が明けたら暖簾分けしてやる」

とも言われて、たいそう可愛がられたようだ。勤勉実直な父はこの言葉を励みに、さらに仕事に精を出す。自分の店を持つことを夢見て、そしてそれが現実となる日に期待をかけて。しかし、父のその夢と期待が現実のものとなることはなかった。真面目で疑うことを知らない父を、もっと働かせるために親方が使った口実だったようである。

年季が明けた昭和九年、父は二二歳の若さで、横浜・花咲町の裏通りに小さな

郵便はがき

料金受取人払郵便

新宿局承認

8172

差出有効期間
平成27年11月
30日まで
（切手不要）

160-8791

843

東京都新宿区新宿1－10－1

(株)文芸社

愛読者カード係 行

お名前《ふりがな》				明治 大正 昭和 平成 年生 歳	
ご住所《ふりがな》	□□□-□□□□			性別 男・女	
お電話番号	（書籍ご注文の際に必要です）	ご職業			
E-mail					
ご購読雑誌（複数可）			ご購読新聞 新聞		

最近読んでおもしろかった本や今後、とりあげてほしいテーマをお教えください。

ご自分の研究成果や経験、お考え等を出版してみたいというお気持ちはありますか。

ある　　ない　　内容・テーマ（　　　　　　　　）

現在完成した作品をお持ちですか。

ある　　ない　　ジャンル・原稿量（　　　　　　　　）

書　名			
お買上 書　店	都道　市区 府県　郡	書店名 ご購入日	書店 年　月　日

本書をどこでお知りになりましたか?

1.書店店頭　2.知人にすすめられて　3.インターネット(サイト名　)

4.DMハガキ　5.広告、記事を見て(新聞、雑誌名　)

上の質問に関連して、ご購入の決め手となったのは?

1.タイトル　2.著者　3.内容　4.カバーデザイン　5.帯

その他ご自由にお書きください。

(　)

本書についてのご意見、ご感想をお聞かせください。

①内容について

②カバー、タイトル、帯について

弊社Webサイトからもご意見、ご感想をお寄せいただけます。

ご協力ありがとうございました。

※お寄せいただいたご意見、ご感想は新聞広告等で匿名にて使わせていただくことがあります。

※お客様の個人情報は、小社からの連絡のみに使用します。社外に提供することは一切ありません。

■書籍のご注文は、お近くの書店または、ブックサービス(0120-29-9625)、セブンネットショッピング(http://www.7netshopping.jp/)にお申し込み下さい。

煎餅屋を構えた。屋号は山川屋。

「ここからが勝負だ！」

父の決意と覚悟は固かっただろう。二つ年下の母・つねと結婚したのもこの頃だ。同じ群馬の出身で、父とは隣村同士だった母も、女中奉公で横浜に来ていたのだ。貧しい家で育ち、幼い頃より家の働き手であった母も、父と同じくらい真面目で働き者。父は母のそんなところに惹かれたのかもしれない。そしてすぐに、待望の初子を授かった。男の子で「徳司」と名付けられた。若い両親は希望に満ちあふれていたであろう。

しかし、商売も結婚生活も順風満帆とは言えなかった。間口二間ほどの小さな店で、居住スペースは店のすぐ裏にある薄暗い小さな四畳半のみ。毎日、朝から晩まで店に出て手焼き煎餅を売る両親は、生まれて間もない赤ん坊をこの四畳半に寝かせ、ろくに面倒をみる時間もなかったようだ。季節を問わず、店は煎餅を焼く炭火の炎が赤々と燃え上がっている。両親は滝のように流れ落ちる汗を拭いながら、必死で商売を続けていた。大人でも堪え難い灼熱の中、赤ん坊が普通でいられるはずがなかった。

赤ん坊が生まれて五ヵ月ほど経った昭和一一年三月一五日の早朝五時頃のこと。母は背中に違和感を覚えて目を覚ました。次の瞬間、電気ショックを受けたように飛び起きて振り返ってみると、寝汗まみれの布団の上で、赤ん坊がぐったりとなっていた。

「徳司……？　徳司！」

抱き上げようとしたが、赤ん坊の身体からは温もりが消えていた。圧死である。母の身体に押し潰されていたのだ。狭い四畳半で家族三人「川の字」になって眠っていたために起こった悲劇だった。父も母も、店を閉めたあとは、疲労のため泥のように眠っていたのであろう、気づくのが遅れてしまったのかもしれない。

長男・徳司は生後わずか五ヵ月あまりでこの世を去った。苦労は覚悟の上でも、希望に満ちた新しい生活をスタートさせたばかりの両親を最初に襲った不幸であった。

しかし、悲しみに暮れてばかりはいられない。家族が一人減っても生活が苦しいのは何も変わらなかった。二人はわが子を失った悲しみを紛らすように、それまで以上に必死に働いた。

そんな二人の様子を毎日見ていた人物がいる。借りている店舗の大家さんだ。とても面倒見のよい人で、悲しみに堪えながら働く二人に、ひとつのアドバイスをくれた。

「日限地蔵尊《ひぎりじぞうそん》の縁日に店を出してみないか」

日限地蔵尊とは、日を限って祈願すると願いがかなえられると言われる地蔵菩薩で、日本の各地に存在しており、横浜では現在の港南区・日限山にある。昔は鎌倉道に臨む武蔵境、いまの戸塚区舞岡町付近にあった。人里離れた丘陵の最高地とあって眺めもよく、眼下に広がる深谷幽谷の趣から「横浜の高野山」とも呼ばれたそうだ。日限地蔵尊は毎月四日・一四日・二四日が縁日だ。この日に境内で煎餅を売ってみないか、ということだったのだ。両親は大家さんのこのアドバイスを受け入れ、縁日で煎餅を売ることにした。そしてこれが二人にとっての、ひとつの転機となる。

父は毎月三回、四の日は横浜郊外の日限地蔵尊まで煎餅売りに行くのが定例となった。この日を目標に大量の煎餅を焼いて大型茶箱に詰め、深夜午前二時、重い荷物を満載したリヤカーを自転車で引っぱって日限地蔵尊に向かうのだった。日限地蔵尊までは暗く長い道中である。冬の寒い日などは、日限山の山道は凍って滑りやすく、雨の日は泥だらけのぬかるみにはまり、悪戦苦闘したようだ。なかなか坂を上れず、地元の子どもたちに小遣い銭を渡して、押してもらったこともあったそうである。政子が父の葬儀の日、地元の初老の男性から聞かされた話だ。

日限地蔵尊の縁日には、神奈川県下の各地から多くの参拝客が訪れる。そこで父たちが売った煎餅は好評で、山川屋の煎餅は参拝客の口コミもあり、またたく間に縁日の名物のひとつとなった。「山川屋煎餅店」の名前も少しずつ有名になってゆき、徐々に売り上げは伸びていった。両親の暮らし向きも安定してきた。

この時、両親は日限地蔵尊にひとつの願かけをした。

「丈夫な女の子を授かりますように」

昭和一一年といえば、中国大陸では日中の対立が激化している時期。日本国内も戦争ムード一色で、こぞって男の子を欲しがるご時世であったはずなのだが、両親はなぜか女の子を望んだ。

そして翌年の昭和一二年五月、待望の女の子を授かった。それが政子である。両親の望んだ通り、丈夫な赤ん坊であった。政子の誕生は、長男をなくし、絶望の淵にいた両親を大いに勇気づけたようで、二人はより懸命に仕事に精を出した。商売は軌道に乗り、より広い店舗と住居を求め、現在の横浜市西区にある藤棚商店街の中央に、二階建ての間口の広い一軒家を借りた。店から徒歩二、三分ほど離れたところには市電の停留所があったそうだ。のちに政子が母に聞いたところによると、駅から離れていたにもかかわらず「藤棚の停留所に降りたとたん、山川屋の煎餅のにおいがする」と言われたほどの盛況ぶりだったようで、店はさらに活気を帯び、家には女中も置くようになった。そんな時に生まれた政子は、まさに「蝶よ花よ」とお嬢様のように育てられたのである。その後、昭和一五年には次男の栄作、昭和一七年には三男の信也が誕生。家族は五人となった。

統制と戦争

しかし、いい時期はそう長くは続かない。昭和一二年に勃発した日中戦争は長期化しており、さらに昭和一六年には太平洋戦争が始まった。国内は戦争一色となっていたのである。昭和一三年の国家総動員法制定以来、物資は軍事優先となり、煎餅屋にとって命とも言える米の統制も始まっていた。いよいよ煎餅屋を続けられないと判断した父は廃業を決意し、知人の紹介で横浜の造船所に勤めに出るようになる。一家は横浜の戸部に二〇〇〇円で新居を購入し、そこに移り住んだ。政子がお嬢様のように育てられたのはほんの束の間、物心ついた頃にはすでにそんな状況ではなくなっていたのである。

昭和一九年、父に召集令状が届き、出征してしまった。国民学校の一年生になっていた政子は、母と二人の弟と四人で、戸部の家で生活を続けていた。

　翌昭和二〇年五月二九日。この日は一家にとって忘れられない日となった。この日の横浜は朝から晴れていた。雲ひとつない美しい青空が広がっていた。しかし警戒警報が出されており、政子は学校へは行かず、家で待機していた。午前九時頃だったろうか、ついに空襲警報が発令される。先ほどまで晴れていた空は夜のように無数の敵機・B29で埋め尽くされ、不気味な轟音が響き渡っていたのを、政子はいまでもよく記憶している。

「政子、早く！　栄作、こっちにおいで！」

　背中に幼い信也を背負った母が大急ぎで栄作の頭に防空頭巾をかぶせた。母は政子と栄作の手を引いて庭に飛び出した。黒い空を見上げると、紙吹雪でもまき散らすかのように大量の焼夷弾が投下され始めている。やがてそれは空中で炎を上げ、火の雨となって降り注ぎ、地上のあちらこちらに突き刺さり始めた。至る所から紅蓮色の炎と真っ黒い煙が上がっている。政子は弟たちとともに母に連れられて、隣組の防空壕に入ろうとした。すると近所の顔見知りのおじさんから、

「山川さん、防空壕は危ないよ！」

母はそう言われ、我に返った。この年の三月の東京大空襲では、防空壕に逃げ込んだ人が直撃弾を受け、大勢亡くなったという話が伝わってきていたのだった。

家族は再び逃げまどった。見慣れた風景も炎と黒煙と逃げ惑う人々によってかき消され、どこをどう逃げたかまったく覚えていない。

この日はわずか一時間半ほどの空襲で、横浜のほとんどが灰となり、戸部の山川家も焼けてしまった。敵機が去ってしばらくしてから、政子は母と我が家の焼け跡に立った。地面がまだ熱く、ところどころで火がくすぶる音がしている。むき出しになった水道管がねじ曲がり、蛇口から細い水の糸を力なく垂らしていた。母が黙ったまま、力のないまなざしでその様子を眺めていたのが、いまでも政子の瞼に焼きついている。着の身着のままで逃げ出し、一切の家財を失った家族。父は出征中で留守にしており、子ども三人を抱え、母はどれほど不安だったことだろう。

焼け出された政子たち一家は、軍の命令で地元の国民学校で三日間の仮住まいをした。しばらくしてから、多くの被災者たちはそれぞれどこかに移動し、去って行ったが、父のいない山川家の母子四人は頼れる親戚もなく、行くあてもなく、ただただ途方に暮れていた。

そんな時母は、かつて父が出店を出していた頃に懇意にしていた農家の福岡さんを思い出し、そこを頼っていくことを決意する。幼い信也を背負い、五歳の栄作の手を引く母とともに、政子は長い道のりをひたすら歩き続けた。空襲のあの朝以来、家を出る時に履いていた靴はすっかり擦り切れてしまい、換えもなく、その後しばらくは裸足の生活が余儀なく続くのだった。

交通機関は使いものにならないため、歩きでの移動である。灯火管制で灯りらしいものはひとつもなく、夜道は不安だった。福岡さんのお宅にたどり着いたのは、すっかり夜も更けた頃だった。

「山川さん！　無事だったか！　横浜の市街が相当やられたらしいから心配してたんだ！」

福岡さんの言葉に母は安心したのか、全身の力が抜けたかのように玄関の三和土にしゃがみ込んでしまった。福岡さんは政子たちをとても心配してくれ、広い畑の一隅にある物置小屋を貸してくれることになった。鍬や鋤などが置かれた物置小屋は狭かったが、母と子ども三人ならば苦ではなかった。福岡さんが、土の床に青竹を並べ、その上に筵を敷いてくれた。

「そこの畑でじゃがいもを作っているから、採って食べてもいいよ」

と言ってくれた。まさに地獄に仏とはこのこと、政子たちはここでお世話になりながら終戦までなんとか生き延びることになる。

その年の八月一五日、長かった戦争がようやく終わった。終戦からひと月が経ち、父も無事に復員して、福岡さんにお世話になるようになった。また家族五人そろっての暮らしが始まったのである。父と母がこの農家の仕事を手伝い、家族は食料を分けてもらって、苦しいながらもどうにか暮らしていた。

父は従軍中に覚えたのであろうか、生活に必要な物のいくつかを手作りしてくれた。とくに思い出深いのは、ドラム缶の風呂である。蓋をくり抜き、石を並べて作った台座にのせ、薪や杉の葉で湯を沸かした。配給のマッチは残り少なく、近所の家に火種をもらいに行ったりしたものだ。一人しか入れない小さな浴槽だが、空襲で焼け出されて以来五ヵ月、一度も入浴せずに過ごしていた政子たちにとっては、苦しい生活の中に安らぎと癒しのひとときを与えてくれるものであった。

しかし、この苦しい暮らしには出口がなかなか見えてこなかった。故郷の横浜市内は一面の焼け野原、まともな生活などできるはずもない。米の統制下では以前のような煎餅屋の再開など望むべくもなかった。しかし、いつまでもここにいても埒があかない。思案のあげく、父が母や政子たちにある提案をしてきた。

「兵隊時代にお世話になった人が御前崎で網元をやっている。みんなでそこに行ってお世話になろうじゃないか」

日本中が苦しんでいる時に、決してこの家族だけが苦しいわけではない。しかし、いつまでもこのお宅にお世話になり続けるわけにはいかなかった。また、冬の到来を目前に控え、衣類も寝具もない状態を考慮し、少しでも暖かい御前崎で過ごそうという父の発案だったのだ。

「その人はとてもいい人なんだよ。兵隊時代にはお世話になった。いい仕事も紹介してもらえるさ」

父のその言葉を信じ、政子たちは福岡さん宅の物置小屋を離れ、御前崎に移ることにした。

しかし、政子たちの期待は見事に裏切られた。父が言ったような「いい人」どころか、鬼のような夫婦が政子たち家族をさらなる悲劇に追いやることになる。

政子たち五人は四畳半の窮屈な部屋を与えられた。物置にでも使っていたのだろう、窓はなく、外の光は一寸も入ってこなかった。カビ臭く、湿気だらけの部屋は、部屋というよりは牢獄に等しい。

父と母は、毎朝四時に起こされ、畑仕事や塩田づくり、魚網の引き上げの作業を夜遅くまで手伝わされた。奴隷のように使われ、給料などもらえるはずがない。食べ物はそこの「鬼夫婦」の残り物のようなものをわずかに与えられるだけで、とても五人の腹を満たせるものではなかった。子どもの目にも、父母が日に日にやせ衰えてゆくのがわかったほどである。

政子は、御前崎の小学校の二年生に転入することができた。空襲以来、八ヵ月ぶりの学校である。しかし、そこで政子を待ち受けていたのは「いじめ」であった。着の身着のままで空襲を逃れて御前崎までたどり着いた政子は、地元のほかの子どもたちにくらべ、ずいぶんとみすぼらしい服装をしていた。これがいじめの標的にされた理由のひとつである。また、横浜で生まれ育った政子は言葉が横浜風であったためか、語尾に「ずら」をつける御前崎の方言に馴染めなかった。現代のようにテレビなどのメディアが発達していなかった時代、政子の話す横浜言葉は、御前崎の子どもたちにとっては異国の言葉に聞こえたかもしれない。コミュニケーションもろくに取れず、仲間にも入ってゆけず、毎日からかわれ続けた。

そんなある日、母が突然、肺炎で倒れてしまった。高熱を出し、寝込んでしまったのだ。御前崎に来てからというもの、来る日も来る日も過酷な労働を強いられ、栄養状態も衛生状態も最低な環境で過ごすうちに、ついに母の身体は限界を迎えてしまったのである。薄暗い四畳半で粗末な布団に寝かされ、毎日苦しんでいる母に、政子は水に浸した手ぬぐいを額に置いてやることしかできなかった。

そして言い知れぬ苦痛の中で、母はある晩、恐ろしい「夢」を見たようだ。

――川が見える……。向こう岸で誰かが手招きをしている……。これは三途の川……！

真夜中に目を覚ました母は、父を起こした。

「どこがいい人なんだ！　あの夫婦は鬼じゃないか！　よくもこんなところに連れてきたね！」

熱にうなされながらも、母は怒気のこもった調子で父をなじった。

「もう横浜に帰ろうよ……。私を横浜に連れて行っておくれよ……。こんなところじゃ死んでも死にきれないよ……。どうせ死ぬなら横浜で……」

父の寝間着の袖をつかみ、涙を流しながらありったけの力を振り絞るようにして懇願する母の言葉に、父は黙ってうなずいた。

御前崎での暮らしは山川家の家族にとって地獄の一年だった。母の発病という苦難を抱えながら、両親は奴隷のような生活をよく堪え抜き、政子たちを必死で守り、育てたのだ。

横浜に戻った政子たちは、しばらくはまた以前のように福岡さん宅の物置小屋を借りて暮らすことになった。決して楽な暮らしではなかったが、地獄のような御前崎での暮らしを考えれば、苦にはならなかった。そのうちに父が、近くの山中に売りに出されている土地を見つけ、虎の子をはたいて購入することにした。そこは戦時中まで石けん工場があった場所で、二〇〇坪ほどの広さの宅地と、雑木林と農地付きの土地である。さらにその後、農地改革でいくらかの農地の払い下げを受けることができたため、山川家はかなりの広さの土地を手に入れることになったのだった。そしてその土地に父がバラックを建て、家族五人の新たな生活がスタートした。

父は煎餅屋を再開したいと思っていたようだが、物不足の時代、自分たちの食べる分を確保するのが精一杯で、それはかなわなかった。父は昼間は工場に働きにゆき、夜は月明かりの下で畑仕事に精を出した。

戦後の混乱期、暮らし向きはよくはならなかったが、山川家にも明るい出来事はあった。昭和二三年に次女の弓子が、昭和二五年には四男の春彦が誕生したのである。

戦後の貧しい時代、言葉にできない苦渋を味わいながらも五人の子どもの健康を思いやり、月の明かりの下で農作業をし、政子たちに食べさせた父とそれを支えた母。今日、政子たち五人の兄弟姉妹全員が健康体を保っていられるのは、汗と泥にまみれ、死に物狂いで働き、食べ盛りの私たちに新鮮な食べ物を与えてくれた、まさに尊い両親の愛の結晶でもある。

第二章　妹・弓子への想い

兄弟姉妹

山川家の兄弟姉妹は六人。もっとも、第一子で長男の徳司は、生後わずか五ヵ月でこの世を去ったが。第二子は長女の政子、そして次男・栄作、三男・信也、次女・弓子、四男・春彦と続く。

次男・栄作は昭和一五年生まれ。県立の商業高校の夜学に通いながら父の煎餅屋を手伝い、卒業後は正式に煎餅屋の店員となった。しかし二五歳で二歳年上の女性と結婚したあとはすぐに店を辞め、自動車部品メーカーに就職。実家の近くに居を構え、一男をもうけた。この栄作の息子は一時、テレビの子役をやっており、テレビCMのキャラクターとして一世を風靡したこともあった。

三男・信也は昭和一七年生まれ。兄弟姉妹の中でも優秀な方で、県立の進学校に入学、そこで級長を務めるなどしていて、政子にとっては自慢の弟だった。結婚後に一女をもうけたが、数年後に離婚。現在は再婚して千葉県に住んでいる。

母は、五人の子どもの中で一番優秀だった信也に甘く、特別扱いをしたものだ。信也が大学に進学した頃の両親は土地成金で、人生最大の現金を手にしていた。信也も大学生でありながら、良家のお坊ちゃま気取りか、白いスポーツカーを乗り回して、派手な青春を謳歌していたようである。ちょうど政子が県南地方で結婚し、薄給の公務員の妻となっていた頃、久しぶりに信也に会ったので、なぜそんな派手な暮らしぶりができるのか聞いてみた。

「こんなすごい車に乗って……。どこにそんなにお金があるの？」

「高額バイトで稼いだんだよ」

「高額バイト？　どんなバイトなの？」

「死体洗い」

「えっ！　そんな仕事あるの？」

不審な印象満点のこの事実は、母の葬儀の日に発覚したのである。

母校での文化祭で知り合ったという美しい女性・裕子と結婚した信也は、可愛い娘・明美の誕生一年後、政子や次男の栄作とともに親から贈与された土地に二階建ての洒落た家を新築した。しかしわずか数年にして売却しなければならない窮地に追い込まれ、愛する家族とも悲しい別れとなってしまう。

信也の離婚後、母は四人の孫の中で唯一の女の子、明美のことが忘れられなかったようだ。真夏の炎天下で明美を捜す姿は、あまりにも惨めであった。当時は政子も隣接地に家を建てて住んでいたのに、利発な姪、明美に何もしてあげられず、小学一年生で別れたままになっていた。ずっと気になっていたが、その一二年後、明美の同志社大学入学を噂で知ることになる。そしてひょんなことから再婚していたかつての義理の妹・裕子と明美に、奈良で再会することができた。

次女・弓子は昭和二三年生まれ。政子にとって唯一の妹だ。私立女子大学の付属高校の商業科を卒業後、いくつかの会社を転々とした。結婚はしていない。

四男・春彦は昭和二五年生まれ。大学卒業後は大手自動車販売会社で営業の仕事をしていた。三〇歳の頃にアメリカの大学に留学し、現在はシアトルで公認会計士をしている。日系ハワイ人四世の女性と結婚し、グラントという一男をもうけた。

政子はグラントの希望で、夏休みに春彦とグラントを横浜・奈良・京都旅行に招待したことがある。横浜は春彦にとっては生まれ育った思い出の地。すっかり変わってしまった街並みに驚き、同時に青春時代を思い出して郷愁の念を強めたことだろう。そしてグラントには、祖父である義郎が元気なうちに会わせてあげたいと思っていたがそれもかなわず、せめて自分の父親が生まれ育った家を見せてやりたいと思っていた。

横浜滞在中は実家にグラントを泊め、生きていた頃の父の面影に少しだが触れさせてあげることができた。父である春彦の生家でもあり、グラントにとっては一生の思い出となったことだろう。

奈良では、東大寺の大仏などを見せてあげた。学校の授業で習ったとかで、それを直に見ることができ、グラントはとても満足したようである。京都では金閣寺の見事さに大いに感銘を受けたようで、政子も招待してよかったと思えた。

当時グラントはまだ小学六年生だったが、とても利発な子で、京都では、ちょっとびっくりするような出来事があった。ホテルを出て奈良観光に出かける前、京都駅のコインロッカーに荷物を預けたのだが、帰りに駅に戻った時、その場所がわからなくなってしまったことがある。政子も春彦も、広大なターミナル駅で方向感覚を失い、途方に暮れていた時、グラントが、

「僕、わかるよ！　伯母さん、キーを貸して！」

そう言ってある方角に一目散に走って行った。それからものの二、三分でグラントは全員の荷物を抱えて笑顔で戻ってきたのである。

「どうして場所がわかったの？」

驚く私たちに、グラントはにっこりとほほ笑むのであった。あの巨大な駅の中で、しかも初めて訪れた日本、初めての京都で、すぐに目的の場所を突き止めてしまうグラントに、政子は驚きとともに頼もしさを感じたものだった。

日本滞在はグラントにとって最高の夏休みとなったようだった。帰国の日には
「もう帰るの？　もっと居られないの？」

と名残惜しそうに言うグラントに、政子は、

「またいつでもおいでよ！」

そう言って見送った。

兄弟姉妹が五人もいると、その生き方も多彩である。性格も違うが進む世界も違っており、それはそれで面白いかもしれない。しかし、血を分けた兄弟姉妹とはいえ、ほんの小さな出来事や行き違いで、取り返しのつかない事態に発展してしまい、家族としての絆も消え失せてしまうことがある。政子はそのような悲しい現実を目の当たりにしてゆく。それは妹・弓子に関わることであった。

妹の生い立ちと人となり

政子にとって初めての妹・弓子が生まれたのは、政子が小学五年生の夏休みの時だった。真っ青な空の下、燦然と輝く太陽の光が庭の樹木に反映し、爽やかな涼風が家の中を通り抜けていた昼下がりのことだった。奥の間から元気な産声が聞こえてきた。自宅出産の母が女の子を産んだ。初めての女きょうだいの誕生は、政子を大いに喜ばせた。

中学一年生の四月、政子は学校で「一歳九ヵ月の私の妹・弓ちゃん」と題した作文を提出した。学年主任で国語の教師でもあった「デンスケ先生」はこの作文を優秀作品としてとても評価してくれた。政子にとっては懐かしい思い出である。

順調に成長していった弓子だったが、幼い頃よりスリムに憧れており、無理なダイエットで大切な成長期の伸長を止めてしまった懸念がある。そのため、あまり背が伸びなかった。これが弓子にとってコンプレックスになっていた時期もあったようである。家族には内緒で、背が伸びる薬と痩せる薬を飲んでいたこともあったようだ。あとで聞いたことだが、小学四年生くらいの頃、一学年上の男の子に恋をしていたらしい。いわゆる初恋である。とても背が高く、いまで言う「イケメン」だったようだ。しかし背の高さのあまりの違いに、弓子はかなり負い目を感じたようなのだ。

その影響かどうかはわからないが、弓子は中学に入るとバスケットを始めた。「バスケは背が高くなるぞ」と誰かに言われたようだったが、実際は、それほど背は伸びなかった。そのかわり、足はかなり速くなったようで、学校のマラソン大会ではクラスで二位、全校で一三位になったこともあった。背が低く、足が速いため、小回りが利き、バスケットの試合などでは相手チーム選手の妨害をするのが得意だったようである。

中学卒業後は、私立女子大学の付属高校の商業科に進学し、簿記の資格を取得。卒業後は地元の計測機器メーカーに就職した。庶務課に配属され、できあがった製図を官公庁に届ける仕事などをしていたようである。

この頃、弓子はビジネス専門学校の英文タイプ科に入学、働きながら英文タイプを習い始めた。英語が好きで得意だった弓子は、いずれは英語を活かせる仕事をしたいと思っていたそうである。昼間は働き、夜は勉強という生活が半年ほど続く。

計測機器メーカーに勤務していた頃、弓子にはひとつの出会いがあった。

弓子が入社して間もない頃、勤務明けに先輩の女性社員に飲みに誘われた。

「いいお店を見つけたから行ってみない？」

お酒が嫌いではない弓子は二つ返事でついて行くことにした。会社近くの普通の居酒屋であったが、南国をイメージした爽やかなつくりで、女性客も多かった。店内に流れる軽やかな南国風の音楽が、弓子たちの気持ちを高揚させ、食事もお酒も進んだ。

「ここはね、前に彼に連れてきてもらったのよ」

先輩には婚約者がいた。来年には結婚するそうで、幸せの絶頂の時であった。そんな先輩の様子に、弓子はいくばくかの羨望の念があったのかもしれない。

二人で食事をしながらお酒を楽しんでいる時のことだった。

「お二人ですか？　よかったら……僕らとご一緒にいかがですか？」

そう言って話しかけてきたのは、隣のテーブルで飲んでいた男性だった。年の頃は弓子と同じくらいである。弓子は先輩の顔を見た。先輩の顔が一瞬微笑んだように見えた。二人がリアクションをためらっていると、

「あ、僕らも二人なんですよ」

と、優しい口調ながらも、たたみかけるように言った。その言葉を受けて、弓子は隣のテーブルを見やる。そこには同じ年代の男性がもう一人座っていた。弓子と目が合うと、ぎこちない会釈を見せた。弓子も慌てて会釈を返す。

「じゃあ、ご一緒しましょう！」

弓子の様子を見ていた先輩がそう言うが早いか、

「それじゃ、僕たちがこっちに移動しますから！」

声をかけてきた男性は自分のグラスと箸、皿を取りに戻り、もう一人の男性を目で促して弓子たちのテーブルに戻ってきた。

「隣、座りますね！」

声をかけてきた男性はそう言って、先輩の隣に座った。もう一人の男性はためらいがちにやってきて、軽く会釈をして弓子の隣に座った。

新たに料理や飲み物を注文して、男女四人の会話が始まる。声をかけてきた男性は高木、もう一人は小川真といった。お互いの仕事のことや趣味、休日の過ごし方など、初めて出会った男女にとっては「お決まり」の内容で会話が進む。

そのうち、隣り合っているもの同士での会話に移っていった。先輩は、高木とずいぶん親密に話していた。会話の内容はよくわからなかったが、時々笑ったり、驚いたり感心したりしているのがわかる。盛り上がっているようだ。弓子は隣の真と話すことになった。

真の第一印象は大人しい人。横顔が素敵な人だと弓子は思った。しかしあまりしゃべらず、人の話を聞くタイプである。弓子もしゃべるのはあまり得意な方ではない。会話はぎこちなくなってしまった。しかし、何か話さないと気まずい。

「真さん、ご出身はどちらですか？」

何を聞いてよいかわからず、それまでの会話の中で出てこなかった話題を必死で探し、このひと言を放った。

「僕は……熊本です」

真はそう答えるとウイスキーの水割りのグラスを口に運んだ。二口ほど飲むとグラスを置き、ピーナッツをかじり始める。無口な人だな、と弓子は思った。しかし、その朴訥な感じに弓子は魅力を感じたようだった。

この出会いをきっかけに、弓子は真と頻繁に会うようになり、正式な交際がスタートした。二人の初デートは春の陽気もうららかな五月の連休で賑わう横浜の山下公園。そこは弓子が学生時代から嫌なことがあるとよく散歩していた、思い出深い場所である。とても天気のよい日で、風も穏やかな絶好のデート日和だった。二人は海を眺めながら、お互いのことをより深く語り合った。

新子安駅の近くにあった大手自動車メーカーの工場に勤務する真は、弓子の趣味に合わせた車を購入、二人でよくドライブに出かけた。お酒好きの真と一緒に飲みに行くこともあった。

二人の交際を知った会社の先輩からは、

「彼はとっても堅実な人みたいね。山川さんにはもったいないんじゃない？」

と言われたことがあったが、弓子は逆にそういう人の方がいいと思った。また高校時代の友人からは、

「真さんって、弓子に顔が似てるわね」

と言われ、悪い気はしなかった。

真は弓子にとても優しくしてくれたようである。「陰ながら祈っています」と、弓子の前でよく言っていたようである。いまにして思えば、弓子の幸せを本心から考えてくれる、唯一の人だったのかもしれない。

ある時、真の勤める自動車会社が主催するイベントがあり、真に誘われ、弓子は一緒に茅ヶ崎へ行くことがあった。その時、弓子はおむすびを作って持って行ったそうだ。あまり上手にできなかったようだが、無骨な真はそれを豪快に、そして無邪気に頬張り、「美味しいよ」と言ってくれたそうである。

また、弓子と真は一緒に夕食をとったあと、二人で山川煎餅屋を訪れたことがあったようだ。その時父は旅行中で、店には母しかいなかった。店じまいの時、真はシャッターを閉めてくれたり、店内の後片付けをやってくれたりなど、父が留守の店で力仕事を進んで手伝ってくれたそうである。母もたいそう喜んだようだ。帰り際、母がお礼にと煎餅をひと箱手渡した。真はとても喜び、後日、

「あんな美味しいお煎餅は初めてだ」

と言ってくれたそうである。

しかし、順調に思えた二人の交際だが、真のあまりの無口ぶりに、次第に弓子は苛立ちと退屈を覚えてゆくことになる。

ある日曜日、弓子と真はいつものようにドライブに出かけた。弓子が海が見たいと言うと、真は車を伊豆方面に走らせた。前方には富士山、左の車窓から雄大な相模湾が見えてきた。弓子はそれを見て、

「わあ、きれい。いいお天気だし。晴れてよかったね」

窓の外を眺めながら言ったのだが、それは真に投げかけた言葉だった。しかし真は、ハンドルを固く握ったまま正面を見据えている。その口元は固く閉じられたままだった。

ドライブの途中、レストランで食事をすることにした。テーブルにつき、メニューを見る。

「私、カレーライスにする！」

弓子はそう言って真を見た。真は黙ったまま、オムライスと書かれた部分を指

差した。店員に注文を伝えるのは弓子で、真はその間、黙って水を飲みながら窓の外を見ていた。食べている最中も、真はほとんどしゃべらない。

「昨夜は、帰りは遅かったの？」

弓子が聞くと、真は黙ってうなずくだけ。真の場合、イエスかノーかで答えられる質問はすべて、首を縦か横に振るだけですませようとすることに、弓子は以前から気づいていた。

「家に帰り着いたのは何時くらいなの？」

「……十時頃」

「帰り着いてから何をしたの？」

「……洗濯」

真は会話においては一事が万事この調子だ。助詞などはほとんど使わず、単語だけで答えることも珍しくない。弓子の方から話しかけないうちは、真の方から口を開くということはほとんどない。

帰りの車中で弓子は思い切って真に尋ねた。

「ねえ、どうしてそんなに無口なの？」

弓子自身も喋るのはそれほど得意ではない。もっと積極的にいろいろ話しかけてくれる人の方が楽しくていいし、自分も気負わなくてすむのだ。真は一瞬たじろぐように顎を引いて言った。

「みんな……俺ん方言聞いてバカにすっけん……」

弓子は真の心の闇に触れてしまった気がした。熊本から上京してきてまだ数年しか経っていない真。方言がなかなか抜けず、それを周囲にからかわれ、ずいぶんと傷ついた経験があるようなのだ。それがトラウマになり、しゃべらなくなったようなのである。

二年ほど続いた弓子と真の交際だったが、二人の関係は徐々に冷めてゆくことになる。弓子は決して真が嫌いだったわけではなかった。しかし、あまりに無口な真と二人きりの時間が、弓子には堪えられなかったのである。

一方、真はといえば、弓子のことが本気で好きだったようだ。ある時、真は両親に弓子との交際を報告し、結婚を真剣に考えていると伝えたそうだ。しかし、若過ぎるという理由で両親に反対されたようである。弓子にとって、真がそこまで自分のことを想ってくれていることは嬉しかっただろう。しかし、それまで弓子の中でバランスを保っていた、無口な真に対する不満と、真への好意という相反する二つの思いが、真の両親の反対という事実によって一気に崩れ、別れの決断へ傾くきっかけになったのかもしれない。

次第に弓子と真は、連絡も途絶えがちになり、疎遠になっていった。弓子の心から真のことが消えかかっていたある日、弓子の職場に一本の電話が入った。

「お電話代わりました、山川です」

「あ……あの、中畑といいますが……」

電話の向こうの男性は「中畑」と名乗ったが、聞き覚えのある声とイントネーションに、弓子はすぐに真だとわかった。なぜ偽名を使うのだろう？　そして、相変わらずの無口ぶりだ。自分の「名前」を名乗ったあと、いつもの沈黙が始まった。弓子は苛立ちを覚えずにはいられなかった。

「いま、ちょっと手が離せないのですが」

電話越しの沈黙を打ち破るように、弓子が極めて事務的な口調で言った。

「そうですか……ではまたかけ直します……」

真はそう言うと、あっさりと電話を切ってしまった。行く手を遮るかのような弓子の口調に、次の言葉が出なくなってしまったのだろう。

一体、真は何を言いたくて電話をしてきたのだろう？　それも偽名まで使って……。弓子は気になったが、その時は仕事が忙しかったこともあり、すぐに忘れてしまった。

しかし、ずっとあとになって、弓子はこのことが少しずつ気にかかるようになってきた。何を言いたかったのだろう……、結婚のことだろうか……。反対していた両親を説得できたとか……。弓子はあの時、電話口で真に冷たい態度をとってしまったことに、少しばかりの後悔の念が芽生えてきた。

のちに仕事でヨーロッパに行った時、弓子は真のために現地でモンブランの万年筆を買ってきた。機会があれば、これを真に渡して、あの時のことを謝りたい、そう思った。しかし、再び真と連絡をとることはなかった。

その後もずっと、弓子はこの時のことを気に病んで生きてきたようだ。いままで も真は、弓子の「恋愛履歴」の中でかなり大きな部分を占めているのである。生きているうちにもう一度会いたい、そして電話のことを謝りたいと言っていたことがある。

弓子は二〇歳になってから、計測機器メーカーを退職、航空会社に転職した。当時、その航空会社は求職者の間ではかなりの人気企業で競争率が高かったが、英文タイプ一級、英検三級の保持者で英語力の高かった弓子はその「激戦」を勝ち抜き、見事採用に至った。ここで弓子は、海外に出かけるお客さんのビザの申請やパスポート取得などの手続きのサポート、ツアーの添乗員のサポートなどの業務を担当していた。ヨーロッパ、香港、マカオなど海外に行く機会が増え、英語を活かした仕事に就きたいという希望もかなえられた。

弓子が上司のサポートでドイツのハンブルクに行った時のことだ。ここでもひとつの出会いが弓子を待っていた。仕事中に上司の眼鏡に不具合が生じ、弓子がそれを預かって眼鏡屋に行くことになった。眼鏡屋のおよその位置は聞いて出てきたが、慣れない土地のため、すぐに道に迷ってしまった。弓子は持ち前の英語力で、道ですれ違った一人のフランス人男性に尋ねた。

「そのお店ならよく知っていますよ。ご案内しましょう」

そう言って弓子を眼鏡屋まで案内してくれたのだ。

用事をすませ、店から出てくると、その男性はそこで待っていた。

「よかったら、お茶でもご一緒にいかがですか?」

店の中に三十分近くいたのに、外で待ってくれていたことに大いに驚いたが、弓子は誘われるがままに、その男性と近くのカフェに入り、お茶を飲んだ。

彼の名前はジャック。弓子より一つ年下だった。フランスからドイツのハンブルクに来てタクシーの運転手をしているという。道理で道に詳しいはずである。

「日本からご旅行ですか?」

「いいえ、仕事で来てるんです」

弓子好みの背の高いジャックは優しい笑顔を浮かべ、弓子の話をよく聞いてくれた。

「日本で人気の観光地はどんなところですか？」

「京都や奈良、鎌倉は日本らしくていいですよ」

そんな他愛のない会話ばかりだが、二人は意気投合する。

「僕、一度日本に行ってみたいと思ってます」

「ぜひいらしてください。ご案内しますよ」

海外での出会い。弓子も気持ちが盛り上がっていたのかもしれない。お茶を飲んだあと、二人は電車に乗った。見知らぬ土地、しかも海外で電車に乗るのは勇気がいるものだが、不思議と弓子に不安はなかった。乗る時も降りる時もジャックが手を取ってエスコートしてくれた。

車窓から見える景色は初めてのものばかり。ほんの数駅の移動のはずだが、流れるように移り変わる景色が、目の前に次々と新鮮な眺めを運んでくる。弓子にはとても遠くに来てしまったように感じられた。

「弓子さん、bowlingはできる？」

ジャックはそう言って窓の外を指差した。そこにはビルの上に立つ大きなボウリングのピンがあった。二人は次の駅で降り、ボウリングを楽しんだ。ジャックはボウリングが大好きで、よくやっているらしく、弓子に手取り足取り教えてくれた。たったワンゲームだったが、弓子にはとても充実した時間に感じられた。

ボウリングのあとは、ジャックが弓子の宿舎まで送り届けてくれた。ほんの数時間だったが、ジャックとの弾むような会話、エキゾチックな景色とボウリング場でのひと時は、弓子にとって忘れられない楽しい思い出となったのである。

二人はお互いの住所を交換し、弓子の帰国後から文通を始めた。弓子は英語の得意な中国人の友人に手伝ってもらい、一所懸命に手紙を書いた。ジャックも筆まめらしく、頻繁に手紙が届く。時にはボウリングをやっている姿を写真に収め、送ってきたこともある。それを見るたびに弓子は、二人で歩いたドイツの街並みを思い出し、束の間の幸せを噛みしめるのだった。

その年のクリスマスのこと。弓子の元にジャックからクリスマスプレゼントが航空便で届いた。可愛いフリル付きの純白のドレスだ。弓子は箱からドレスを取り出し、思わず抱きしめ、女としての最高の喜びにひたった。

その頃の政子は、主婦業から仕事に復帰して、多忙な日々を過ごしていた。実家の隣に住みながら弓子としばらく会わなかった頃である。そしてこの頃、政子にとって忘れられない驚きの出来事があった。

ある日、政子が山川屋煎餅店へ立ち寄った時のことである。店内奥に、写真立てに入れて置いてあった一枚の写真が目に留まった。女優のようなとても美しい女性が写っている。店に有名な女優が来店し、記念に撮らせてもらったものだろうか。しかし手にとってみて政子は驚いた。女優などではない、それは海外で七号サイズのドレスを身にまとったスリムで美しい弓子だ。しばらく会わない間に弓子はとてもスリムで美しい身体を手に入れていたのである。写真の中の弓子は、幸せに満ちあふれた目映いばかりの笑顔でこちらを見ていた。ジャックとの海を越えた「遠距離恋愛」の力だったのだろうか。この頃の弓子は、女として最高に輝いていた時であろう。

ある時、ジャックからの手紙を読んだ弓子は目を疑った。自分の読み間違いかと思ったほどだ。何度も読み返したが、どうも読み間違いではないようである。

「弓子さん、僕と結婚する意思がありますか？」

情熱的な言葉で埋め尽くされた、ドイツからのプロポーズの手紙だった。生まれて初めてのプロポーズが海外からで、しかも一度しか会ったことのない人からの情熱的な手紙という想定外の事態に、弓子は相当驚いた。もちろん、嬉しさもあっただろう。だが、あまりに意外だったため、ぬか喜びになってはいけないと思ったらしい。中国人の友人に翻訳を頼んだそうである。

「弓子、おめでとう！　間違いなくプロポーズだよ！」

翻訳してくれた中国人の友人は、弓子の両手を握って祝福してくれた。確証を持てた弓子は、この言葉でようやく押さえ込んでいた喜びの感情を解放することができた。

しかし、母や政子の猛反対で、再び弓子はその感情を押し込めざるをえなくなった。

「外国の、それもどういう人かよくわからない人となんか結婚させられない！」

猛反対された弓子は、ジャックに手紙を出した。

「私もあなたと結婚したい。でもその前にもう一度あなたに会いたい」

そう書き送った。ジャックさえよければ、弓子はドイツまで行くつもりであった。日本に来てもらい、母や政子に引き合わせることも考えたようだった。

しかし、待てど暮らせどジャックからの返事は来ない。弓子は待ちきれず、催促の手紙を何度か書き送った。するといつからか、その手紙は「宛先不明」で戻されてしまうようになる。どこかへ引っ越してしまったのか。どうして自分に黙ってそんなことをするのか……。それ以降、ジャックから手紙が来ることは二度となかった。

猛反対した母と政子であったが、弓子は大きなショックを受けたようである。なぜ会ってもらえないのか？　なぜ返事をくれないのか？　そもそもどこへ消えてしまったのか？　ジャックにプロポーズされ、それを受け入れようと考えたからこそ、政子たちに相談し、そして会って話をしたいと思っていたであろうに。

弓子はこの頃、会社でキャンセルの海外ツアー旅行があることを知り、申し込んでハワイに行っているのだが、あとでヨーロッパへのツアーにもキャンセルのものがあり、そちらにすればよかったと後悔していた。ジャックにどうしても会いたかったのだろう。

これがきっかけとなったのか、弓子はいろいろな習い事を始めた。失恋の痛手を癒すためか、資格の取得などにも没頭した。昭和四一年には簿記能力検定試験で二級に合格し、同じ年に珠算の検定試験で二級に合格している。華道の小原流の教授免許を取ったのもこの頃だ。

昭和四九年、弓子は航空会社を退職し、旅行会社に転職。しかし、同僚の男性が仕事中にもかかわらず、卑猥な言葉を吐いたりするような、女性にとっては最悪な労働環境だったらしく、一年も経たないうちに辞めてしまう。その後弓子は、しばらくは仕事に就かず、カナダにホームステイに行ったり、サンフランシスコやラスベガス、ハワイに旅行したり、国内でスキー旅行をしたりして時間を過ごした。約一年のブランクのあと、観光会社に入社した。ここに勤務している間に病弱だった母の具合が悪くなり、弓子は介護のため、約三年で退職することになったのだった。
しかし、退職日の翌日、ずっと具合の悪かった母が脳溢血で亡くなってしまった。弓子は一体何のために仕事を辞めたのか……。これ以降、弓子は定職に就くことなく、香料の会社や旅行会社などでアルバイトをしながら実家で父と二人の暮らしを始めることになった。

山川家は、長男の徳司が生後五ヵ月で世を去り、長女の政子が、働き詰めの両親に代わり、三人の弟と妹の親代わりのような立場であった。特に政子と一一歳違いの弓子は、政子にとってずっと気にかかる存在だった。弓子は幼い頃から太っていて、小学生の頃には学校で「デブ」と言われてからかわれたことがあり、かなり憤慨して帰宅してきたこともあった。あまりに気にし過ぎて、給食では出されたパンの端っこだけを食べるという、無理な食事制限をやってしまい、一時は栄養失調が危惧されたこともあった。その影響か背があまり高くなく、それは本人にとって大きなコンプレックスになっていったようである。バスケットに打ち込んだのも、このコンプレックス解消の意味があったようだ。負けん気は強いものだから、無理をしてでもコンプレックスを跳ね返そうとしていたのだ。

弓子が小学校に入る頃には、父の仕事も安定しており、政子のような苦労はほとんどなかった。通いのお手伝いさんを置いていた時期だけに、まさに「お嬢様」のように育てられてきたのだ。

政子は、そんな弓子の男性関係がとくに心配であった。年頃になると、恋愛だけではなくなる。縁談もかなりあったのだ。弓子が実家で父と一緒に暮らしていた頃は、父の煎餅屋はかなり繁盛しており、有名店になっていたため「良家の娘」の印象があったのかもしれない。しかし、世の中は高度成長の真っ只中。仕事を辞め、趣味・道楽などに勤しむようになり、独身貴族を謳歌する、まさに苦労知らずのお嬢様そのもののような生活を送っていた弓子は理想が高く、縁談もなかなか決まることがなかった。

初めての見合いの相手は、高校教諭であった。母の知人の紹介である。しかし弓子は第一印象から断ることを決めていたようだ。

「背が低いからいやだ」

弓子自身、幼い頃より背の低さがコンプレックスであったせいか、高身長の男性への憧れが強かったのである。

その次の見合いはタクシー運転手であった。この男性は一度結婚歴のある、いわゆるバツイチ。容姿は弓子にとって不満はなかったようだ。ところがひとつ、見合い中に大きな問題があったのである。

「弓子さん、好きなものを食べて飲んでいいですからね」

相手の男性はそう言うと、おもむろに鞄から六法全書を取り出し、読み始めたそうである。

「司法試験を目指しているんですか?」

驚いた弓子は、その質問をぶつけるしかなかった。すると男は六法全書に目を落としたまま無言で首を横に振った。タクシー運転手でも法律の勉強が必要なのだろうか? その時の弓子には何も理解できなかった。結局、最後まで見合いらしい会話はほとんどしないまま、終わったようである。

「そんな男はやめなさい！」

あとで弓子から話を聞いた政子は言ったが、弓子は明確な意思表示をしなかった。容姿的には気に入っていたのかもしれない。

後日、弓子は未練がましく、お見合いの日のお礼だと言って、横浜名物、山川屋の煎餅の折り詰めを持参して、その男と母親の住む家を訪ねたらしい。そこで弓子は想定外の対応に唖然とした。男の家族全員が予想に反してとても愛想よく弓子を迎えたのだ。家に上がらせると、一番良い客間に通し、料理や菓子でこれでもか、と言わんばかりのもてなし。帰りには土産まで持たせてくる始末。

「あそこまでいくと何かの接待みたいだったわ」

そう弓子はもらした。

見合いの前後から先方は、こちらの家のことを調べていたようである。有名な山川屋煎餅店の娘だとわかり、態度を豹変させたのであろう。まさに「財産目当て」というやつである。

その頃の弓子は、会社を辞めて父の営む煎餅店で手伝いをしていた。しかしこの時「お嬢様育ち」が培った性格が仇となる。弓子は友達と外食をするなど、連日のように美食を味わい、店にいる時も店内奥で来客とお茶を飲みながらおしゃべりを楽しむなど、自由気ままに過ごしていたようである。そのため次第に太り始め、一度手に入れたはずのスリムな身体は徐々に崩れていった。そしていつしか見事な肥満体となってしまっていたのだ。

その後、弓子は何十回と見合いを繰り返した。しかし、なかなか決まらなかった。ある時は、太った弓子の容姿と、出された料理を残さず食べる姿を見て「食費がかさみそうだ」という理由で断られた。別の男性などは兄弟姉妹が五人だと言ったとたんに「そんなに付き合いきれない」と言い出した。時には、はるかに年の離れた老人などもいたが、これは弓子の気が進まないという状況だった。

弓子の理想が高すぎるのか、あまりにも相手が悪すぎるのか。見かねた政子は見合いをセッティングした。政子の知人で大手専門商社に勤務する栗山という男性だ。人柄もよく、容姿も弓子の希望にかなうと思った。この人ならば結婚しても間違いはないだろう。うまくまとまってくれることを期待した。

しかし、思わぬところに落とし穴があった。見合い当日、弓子は二十分遅刻をしてしまった。道に迷ったようである。栗山はおおらかな人だったし、初のお顔合わせということで大目に見てもらうことができ、事なきを得た。

だが、栗山との二回目の待ち合わせに、弓子は三十分遅刻してしまった。几帳面な性格の栗山は、この時点でかなりうんざりしていたようである。

そして三回目の待ち合わせ。ついに弓子は四十分も遅刻してしまった。いよいよ栗山の堪忍袋の緒が切れようかというその時、

「お弁当を作ってきたんです……」

弓子はそういうと、ショルダーバッグの中から弁当箱をふたつ、はにかみながら取り出して見せた。

栗山は弓子のその様子を見た瞬間から、怒りの感情が砂場にまかれた水のように引いていくのを感じたであろう。遅れたのはお弁当を一所懸命作ってくれていたからなんだ……と思ったのだろうか、厳しかった表情がゆるんだそうである。

ふたりは待ち合わせた公園のベンチに腰を下ろし、弁当を食べることにした。

だが、弁当箱のふたを開けた瞬間、栗山のゆるみかけていた表情が再び一気に強ばっていく。

「弓子さん……これは全部あなたが作ったの？」

弓子は躊躇したが、

「いえ、近所のお店でおいしそうなのを売っていたので……」

弓子の手作り弁当と思いきや、実家近くの惣菜屋で買ってきたものを弁当箱に詰め替えただけだったのである。栗山には一目見て「プロ」のものだとわかったようだ。おまけに詰め方もかなり乱雑で、とても喜んで食べる気にはならなかったのだろう。

遅刻癖に加え、家庭的な一面を見せることに失敗した弓子はこれ以降、見合いをすることはなくなった。そして楽しみは失せ、ますますヤケ食いが続くようになるのである。

第三章　家族関係の変化

弟・栄作の結婚

弓子の縁談がなかなかうまくいかない一方、次男の栄作は、ずいぶんと早くに結婚を決めた。

栄作がまだ中学生の頃のこと。小さい頃より親想いだった栄作は、父・義郎が煎餅屋を再開したがっていることを知っており、

「親父、煎餅屋やるのにいい場所見つけたよ！」

と、勇んで帰ってきたことがある。父と母と栄作でその場所を見に行き、父は栄作が見つけてきてくれたその場所で煎餅屋を再開することになった。昭和三〇年秋のことである。栄作はまさに、山川屋煎餅店再開とその後の発展の功労者のひとりであった。

県立の商業高校の夜学に通っている時から、家業の煎餅屋を開店当初から手伝い、父と母を支えていた。昭和四〇年、栄作が二五歳の時、昭子という栄作より

も二つ年上の女性と結婚した。

栄作は高校に通っていた一七〜八歳くらいの頃からダンススクールに通い始め、ダンスを習っていた。コンテストに出場したり、ダンスパーティーに行ったりしていたのだが、そのどこかで昭子との出会いがあったのだろう。

栄作の結婚は、父にとっては最初の男の子の結婚であったため、政子の時とは比べようもないほどの力の入れ具合であった。結納金は当時としては破格の一〇万円、新婚旅行は当時大人気だった九州・宮崎。二人の新居も、富士山が望める高台に一戸建てを用意し、さらに新車と家財道具もすべてそろえられた。これらはすべて父が準備し、栄作や昭子が用意したものは何もなかった。

二人が暮らす新居は、山川家の所有する土地の中でも一番いい土地に建ててもらった。実家のすぐ近くで徒歩数分の距離である。実家のある土地も広いので、ここを増築して二世帯住宅のようにして一緒に住もうと提案したのだが、妻の昭子が反対した。夫の親との同居を嫌がる妻が増え、核家族化が急速に進み始めていた時期、それも仕方ないとその時はあきらめ、新居を建ててあげたのだった。

しかしこの栄作の結婚が、あとから思えば山川家の不幸の始まりであった。この時は誰もそれを知るはずがなかった。

母の死

栄作の結婚から半年ほどたった頃だった。それは忘れもしない昭和四〇年一二月一日の朝。暮れも押し迫り、煎餅屋も書き入れ時で大忙しの時である。いつものように両親が店を開ける準備をしていたところに、栄作が出勤してきた。いつもより遅い出勤であったため、両親とも少し気になっていたようである。まだシャッターの閉じられた店内で作業中の両親の前に仁王立ちした栄作は、

「俺、店辞めるから！」

といきなり切り出した。突然の栄作の宣言に、両親は訳が分からず、作業の手を止め、店の中で呆然と立ち尽くしてしまった。

「辞めるって……、栄作、どういうことだ？」

問い返す父の言葉が終わるか終わらぬかのうちに、

「だからこんな店は辞めるよ！　次の仕事も決めてあるんだ！」

と栄作はたたみかけるように言った。幼い頃より大人しく、引っ込み思案で口数も少なかった栄作のイメージからはほど遠い、語気を荒らげた言い方に気圧されたか、両親は何も言えなかった。政子はその日のうちに電話で母・つねから事の次第を聞かされたが、両親の困惑ぶりは尋常ではなかった。いまにも泣きそうな、震える声で話す母の様子から「息子に捨てられた」という悲しさがにじみ出ているのを政子は感じた。

これがきっかけになったかどうかはわからない。しかし、母の体調がこの頃から急速に悪化していった。一〇歳の頃から子守り奉公に出されていた母の、長年の苦労と無理が祟ったのかもしれない。店の仕事も休みがちになり、病院通いの日々が始まった。

母は、どんなに具合が悪くても家族に気を遣い、入院を拒んだ。

「私が入院をしたらお父さんが可哀想だから……」

自分の身体より伴侶の心配をする母。

「私は病気の問屋だから」

それが母の口癖だった。高血圧、心臓、リウマチと、持病を多く抱える母だったが、政子たちを心配させまいとしたのか、いつも笑顔でこう言い、重く痛い足を引きずりながらひとりバスに乗り、病院に通い続けていたのだった。

政子たち兄弟姉妹が傍観する中、栄作だけが違った態度を見せた。

「おふくろ、乗っていけよ」

車で実家にやってきた栄作は、足を引きずりながら歩いて家を出ようとする母に声をかけた。子どもたちが誰も手を貸せない中、栄作だけがかけてきた優しい言葉。

「栄作、ありがとう」

栄作の車に乗り込む母は、どれほど嬉しかっただろう。しかし、その喜びも束の間、病院に着き、降りようとする母に、栄作は片手を突き出し、タクシーでも請求しないような金額を要求するのだ。この時の母の気持ちを思うと、政子はいまでも悔しさと悲しさがこみ上げてくる。裏切られたような失望感があっただろう。栄作が店を辞めると言い出した時の悲しみがよみがえったかもしれない。

　政子は健康な身体に生まれ育ったせいか、病気に対して何も理解ができずにいた。母に対して娘としての思いやりが欠けていたこと、何もしてあげなかったことなど、母が亡くなって三五年近くが過ぎたいまでも、やるせない気持ちでいっぱいだった。母の最期の姿にあらわれていた「誰にも迷惑をかけない」という信念が、いまでも政子の心に深く刻まれているのだった。


　昭和五五年二月二〇日。この日も忘れられない日となった。朝から寒さの厳しい日で、鉛色の空の下、やや強い北風が吹いていた。家の窓ガラスを激しく揺らす冷たい風に気をとられ、落ち着かない一日だったのをよく覚えている。この頃政子は、昭和四〇年に実家の隣接地に新築した家に、家族四人で暮らしていた。

　この日、政子は仕事が休みで、朝からのんびり家にいた。また弓子は、この前日に会社を辞めたばかりで、こちらも朝から実家にいた。

午前一〇時頃、政子は台所で洗い物をしていた。それが終わり次第、実家に顔を出そうと思っていた。弓子の今後のことで、母も含めていろいろと相談をしたかったのだ。

台所の窓越しには薄暗い空が見える。白いものがいまにも舞い降りてきそうな、そんな気配であった。細い庭木の先端部分が強風にあおられて大きくしなったかと思ったその時、電話が激しく鳴り響いた。家の外壁を激しく叩く冷たい強風の音と、静まり返った家の中に鳴り響く電話の音が、不気味な旋律を奏でながら政子の耳になだれ込んできた。

「お姉さん、早く来て！　お母さんが！」

弓子のただならぬ声ですべてを理解した政子は、叩き付けるようにして受話器を置き、何かにはじき飛ばされたように勝手口から飛び出した。

母は実家のトイレで動けなくなってしまっていた。

「お母さん！」

政子の呼びかけが聞こえたかどうか、わからない。母は冷たいタイル張りの和

式トイレにしゃがみ、

「ガス……ガスを……消して……」

と、かすれるような声で言った。これが政子たちの聞いた母の最後の言葉だった。救急車で病院に着いた時、医師は、

「よくもここまで放っておいたね！」

血圧計の示す三〇〇という数値に、声を荒らげ、吐き捨てるように言った。

その四時間後……。母の六四年の数奇な人生が終わった。

財産分与

母は亡くなる間際まで、実家で父と弓子と三人で暮らしていた。政子を含め、ほかの兄弟たちはみなそれぞれ家を出て暮らしていたが、そのうち、次男の栄作は実家から徒歩数分の「スープも冷めない」距離のところに住んでいた。しかし母の具合が悪くなってからも、車での移動以外はほとんど顔を出したことがな

い。

それが、母が亡くなってからというもの、頻繁に実家に、それも父のところに顔を出すようになる。それには理由があった。

「親父、この家と土地を売ってさ、マンション建てようよ！」

実家は駅からさほど遠くはなく、ロケーションもいい方だ。ここにマンションを建てれば儲かると考えたのだろう。頑として聞き入れない父を説得に来ていたのだ。それは何かに取り憑かれたような、執念にも似たものがあり、いくら父が断っても何度でもやってくる。ある時は「友達」と称する不動産屋の人間まで連れてきて、勝手に家や土地の査定まで始めるのだ。

結婚して以来、栄作は人が変わってしまったようだった。幼い頃の、大人しく気の小さい栄作の面影はかけらも見られない。結婚生活が栄作を変えてしまったのか。それは妻の昭子の影響が大きいのだろうか。

そんなこともあり、父は財産の生前贈与を決意する。折しも昭和三七、八年頃から始まった大手不動産会社による土地買収で、大規模な宅地造成が進んでいた時である。近隣は開発の波で、他の大地主たちとともに山林と畑の一部を手放すことにしたのだ。終戦直後に購入した二〇〇坪の宅地と二〇〇坪の雑木林のほか、畑は農地に転用し、一部は宅地に整地して個人向け住宅用地として父は坪一万円で四〇〇坪を売却した。政子と栄作はそれぞれ土地一〇〇坪、信也は土地五〇坪と現金を分けてもらい、四男の春彦にはアメリカに現金を送った。

弓子だけは父と同居しているため、相続は後回しとなるが、測量済みの一〇七坪の土地と借家三軒を弓子が父の死後に相続することになった。

しかし、この時の取り分について、栄作は大いに不満があったようで、父の死後、これが「事件」のきっかけになってゆくのだった。

父の死

母が亡くなって一六年ほど経った平成八年の秋のある日曜日のこと。政子が川崎の自宅で洗濯や掃除などの家事をひと通り終えて、居間で一息ついていた時のことだ。電話が鳴った。弓子からだった。

「お姉さん、お父さんが倒れた！」

あの健康だった父が実家で突然倒れたというのだ。慌てふためく弓子を落ち着かせ、電話を切ると、政子は実家から二キロほど離れたマンションに移り住んでいた政子の長男・茂に電話をし、車で病院に運んでもらうよう頼んだ。会社が休みの茂はすぐに車で実家に向かい、父を病院に運んでくれた。政子も遅れて病院に向かい、すぐに茂と合流した。父は命に別状はなかったものの、主治医に聞いたところによると病院への到着がもう少し遅かったら危なかったそうである。まさに危機一髪、茂が素早く動いてくれたおかげで事なきを得た。

父はしばらく入院することになった。実家に残した弓子も気になっていた政子は、茂の車で実家まで送ってもらった。実家の居間で政子と茂と弓子がひと休みしていた時である。玄関の引き戸が激しく開けられる音がしたかと思うと、荒々しい足音とともに、次男の栄作が入ってきた。

栄作は、居間のテーブルの周りに腰を下ろしていた政子たちの前に仁王立ちし、しばらく黙ったまま睨むようにして三人を見下ろしていた。

「親父は？」

憮然とした表情で、そうひと言だけ言った。

「茂が車で病院に連れて行ってくれたんだよ。もうちょっと遅かったら手遅れだったかもしれないって……」

そう政子が言い終わらぬうちに、栄作は両膝を激しく畳の上に落としたかと思うと茂の方を向き直り、

「てめぇ、よくも余計なことしてくれやがったな！」

いきなり片手でテーブルを激しく叩きながら怒鳴った。お茶の入った湯呑みが一瞬、わずかに宙に浮いた。予想外のことに呆気にとられる政子たちをよそに、栄作は再び立ち上がり、

「放っといても何年ももたねぇだろうが！　二度と余計なことすんじゃねぇぞ！」

そう吐き捨てると、政子たちに背中を向けて玄関の方に歩き出した。

「栄作、待ちなさい！　茂に礼くらい言ったらどう？　あんた息子なんでしょ！」

政子は去ってゆく栄作の背中にこの言葉を投げつけた。しかし栄作は無言のまま振り返ることもなく、玄関を出て行った。引き戸が激しく閉められた衝撃音が、耳鳴りのように三人の耳に残った。

——余計なこと？

栄作は一体何を考えているのか……。この時政子の脳裏をかすめた不吉な予感と恐怖は、やがて予想外の形で現実のものとなってしまう。

父は五日ほどで退院した。長年の苦労と労働が、父の身体を追い込んでいたのかもしれない。政子たちは父に、これを機に引退することを勧めた。父も納得した。六十年もの長きにわたって続いた山川屋煎餅店は廃業することにしたのである。

わが子のように育て、守り抜いてきた山川屋煎餅店を閉めた父は、以前からの趣味のひとつであったカラオケに没頭するようになる。父は民謡の総師範の資格を持つほどの歌声の持ち主で横浜の有名人であり、その力はカラオケでも発揮されていた。これまで家族のために苦労を重ねてきた父だから、政子たちはその様子を見守ることにした。

父は人気者で、民謡指導のかたわら毎日カラオケ仲間の友人知人と歌いに出かけた。弓子の話によると、カラオケから帰ってきた父はとても清々しい表情をしていたそうである。政子は引退させ、好きなことに打ち込ませてよかったと思った。だが、平穏な日々は長くは続かなかった。

平成一四年五月四日。世間はゴールデンウィークで浮かれていたが、政子は経営しているスナックが軌道に乗り、連休など関係なく働いていた。その日も夕方五時前には店に行き、開店準備をしていた。この日は常連客が仕事関係の人を数人連れてきてくれることになっていた。いつもよりも少し手のこんだ料理を出そうと準備をしていた時である。突然、購入したばかりの携帯電話が鳴った。購入後初めての着信である。長男の茂からだった。

「母さん、お祖父ちゃんが倒れた！」

その瞬間、政子は全身の血が両足を通って床に吸い取られてゆくのを感じた。茂も息を切らせながら必死に状況を説明している。外を走りながら電話しているようだ。

「道で倒れて頭を打ったんだって！　西本さんが見つけて知らせてくれたんだ」

実家の近所に住む西本さんから連絡を受けた茂が、現場へ向かいながら電話をしてきてくれたのである。

現場は実家の前の道のようだ。なだらかな坂になっており、その途中で倒れたという。茂が到着した時は、西本さんが呼んでくれた救急車に父が運び込まれるところだったという。

一体なぜ？　六年ほど前に倒れはしたが、それ以降は以前のような健康そのものの身体で、定期検診でも何の問題もなかったはずだ。若い頃から煎餅屋での立ち仕事や畑仕事をこなしてきた父は足腰も丈夫で、歩き慣れたあの程度の坂道で、よろめいたり転んだりするはずがない。父はお酒を飲まない人だから、酔って倒れるということもありえない。

その日の政子は大事なお客さんが来ているということもあり、すぐに病院に駆けつけることができなかった。午前二時に店を閉め、慌ただしく泊まり込みの覚悟をして支度をし、次男・博の車で二時四五分頃に店を出た。

病院には三時半過ぎに着いた。闇に包まれ、静まり返った病院の中は、政子の靴音だけが響いている。

――弟や妹はまだいるだろうか？

父の容態もさることながら、それとはまったく別の言い知れぬ不吉な感覚が、この暗闇と静けさで芽生えてしまっていた。

今晩が山だということである。自分が着くまではなんとか持ちこたえてほしい。政子がそう思いながら父の病室に入ると、ベッドの脇に弓子と茂が座っていた。弓子はこちらに背中を向けたまま、横たえられた父に向かって両手を合わせ、必死に祈っている。父はまだ息があった。茂が静かに私の隣に歩み寄ってきた。

「母さん、さっき担当医からお祖父ちゃんの容態説明があってね、その時僕を見て『息子さんですね？』って言うんだよ……」

やりきれない、という表情で茂がつぶやいた。

「ありがとう、こんな時間までいてくれて。明日も仕事でしょ？　早く帰りなさい。叔父さんたちはもう帰ったの？」

政子がそうたずねると茂は、少し眉をひそめながら黙って待合室の方向を指差した。

政子が待合室に向かうと、受付カウンターの灯りだけで照らされた一角に数人の大人の姿が見えた。暗かったがすぐにわかった。次男の栄作とその妻の昭子、三男の信也である。四男の春彦はアメリカのシアトルにいるため、まだ到着していなかった。集まれる者だけでも全員そろっていることで、わずかだが救われた気持ちになった。だがそれはすぐに打ち砕かれる。

三人のもとに歩み寄ろうとした時、椅子に座っていた栄作が突然立ち上がり、政子の方へ歩いてきた。行く手を阻むかのようにして政子の正面に立ち、こう言った。

「姉さん、親父の保険金、いくらあるのか知ってるかい？」

政子は自分の顔がみるみる紅潮してゆくのがわかった。受付に背中を向けた栄作の顔は薄暗く、表情は読み取れなかったが、かすかに口の両端がつり上がったのを政子は見逃さなかった。父がいままさに生死の淵をさまよっているという時に何ということを！　言い知れぬ怒りと不快感が政子の全身を締め付けていった。

翌五日の明け方、父・義郎は息をひきとった。八九歳と三ヵ月だった。一五歳で群馬から出てきて苦労を重ね、戦争という苦難を乗り越えて、小さな煎餅屋を立ち上げた父。それを有名店にまで発展させ、政子たちを立派に育てあげた父。その人生がこんな形で終わってしまうとは……。政子と弓子の二人で最期を看取った。栄作と昭子と信也の姿はそこになかった。この時から政子は、弟・栄作に対し、ある「疑念」を抱くようになっていた。

政子には、父の突然の死がいまひとつ納得できなかった。倒れたのは夕方の五時頃で、まだ十分な明るさがあり、しかも歩き慣れているはずの、なだらかな坂道なのである。事故死として処理されたが、本当だろうか？

しかし、そんなことを考えている暇はなかった。翌日から政子は父の葬儀の準備に追われた。店は休みにし、実家に泊まり込んだ。悲しんでいる余裕すらもない日々だったのだ。「横浜に山川屋あり」と言われたほどの煎餅屋の名物主人であった父の最期は抜かりなく、盛大にやってあげたかったからだ。

実家近くに住む栄作夫婦は、父が亡くなった翌日から、実家に毎日顔を出すようになった。しかし、それまでの栄作とは明らかに違っていた。以前のような、苛立ちをあらわにした険しい表情は失せ、実に「爽やかな」表情であった。弔問客と笑顔で話したり、快活に笑ったりしている。まるでこの日がくるのを指折り数えて待っていたかのようだ。

政子が葬儀の準備に追われていても、葬儀の最中も、栄作も妻の昭子も何も手伝おうとはしない。それどころか、裏庭の離れに出入りしては、父が長年収集した豪華な数々の骨董品を持ち出し始めた。

多くの人々に愛された父の葬儀には五〇〇人の弔問者が訪れ、父との別れを悲しんだ。父の葬儀が無事に終わり、もうひとつの「大仕事」に取りかかった。相続である。実家では毎週のように相続会議が開かれた。出席者はアメリカ在住の四男・春彦は別として、兄弟姉妹四名のはずだったが、なぜか毎回必ず「部外者」が一名参加するのが定例となっていた。部外者とは栄作の妻・昭子である。昭子は会議が開かれるたびにやってきては、栄作の隣に座り、黙ったまま腕組みをして、兄弟姉妹四人の言葉のやり取りをじっと聞き、観察しているのだ。会議に口を挟むわけではないが、何かの手伝いをするわけでもない。目だけが鋭く動いていたのを政子はいまでも覚えている。そして食事、お茶などもちゃっかりと「いただいて」帰っていくのだった。

そんな不自然な状況がしばらく続いていたある時、政子は突然、父の生前の言葉を思い出した。

「長生きしても栄作の家には一回も行かず、お茶の一杯もごちそうになったことがない」

悔しそうに、そしてどこか寂しそうに言う父の顔が浮かんできた。栄作夫婦の、生前の父への冷たい仕打ちに、政子は、激しい怒りがこみ上げてきた。そしてついに相続会議の場で一喝入れたのだ。

「昭子さん！　あなた、この相続には何の関係もないのよ！」

この言葉は相当効いたようだ。昭子は顔を一気に紅潮させ、大きく見開いた目で政子を睨みつけた。そうかと思うと突然乱暴に立ち上がり、荒々しい足音を残して実家を出て行ってしまった。ようやく言えたひと言で、いくらか溜飲が下がったが、後日弓子からの電話で、これだけではすまなかったことを知る。

「お姉さん、気をつけて！　昭子さんがお姉さんの家にヤクザを送り込むんだって！」

昭子は政子に反論できなかっただけに、相当根に持っているようである。政子に脅しをかけてきたのだった。弓子の話から察するに、まったく懲りていないらしい。栄作はなぜ昭子の同席を許したのか。二人が何かよからぬことを考えていなければよいのだが……。政子は言いようのない不安と緊張を感じた。

一方、相続の方は、一応は遺言書の通り、土地を処分した売却代金を分配することで話が進められた。ただ一人、生前贈与が済んでいなかった弓子は、測量済みの一〇七坪の土地と借家を相続することになった。その他の屋敷や土地は兄弟姉妹五人で等分する。一五歳で単身故郷を離れ、苦労を重ねて築き上げた父の血と汗と涙の結晶とも言うべき財産を、子どもたちで受け継ぎ、ありがたく恩恵にあずかることになったのである。

しかし、ただ一人、この財産の分配に不満を持ったのは次男の栄作である。結婚した時はその費用も、新婚旅行も、新居も、すべて父に用意してもらい、今回の相続でも十分なものを受け取っているはずである。一体何が不満なのか。

それからというもの、栄作は毎日のように実家に押しかけては、一人になってしまった弓子を脅迫するようになった。

「一〇七坪の土地と借家は長男の俺のものだ！　俺によこせ！」

栄作は戸籍上の長男ではない。生きている男の子どもの中で自分が一番年長だから「長男」と言い出したのだ。栄作は弓子にこんな言葉も投げつけた。

「お前は五〇歳になるまでここに住まわせてもらってタダ飯食わせてもらってきたんだろう！　おまえに権利があるわけないだろう！」

確かに弓子は両親とともに実家にずっと住んできた。だがタダ飯を食べてきたわけではない。栄作の連日の脅迫に、弓子は何とか堪え、その要求も拒み続けてきた。しかし栄作はついに、

「言うこと聞かねえとブッ殺すぞ！」

と、とても血を分けた妹に対してのものとは思えない言葉を吐くようになった。

栄作の脅迫にさらされたのは弓子だけではない。栄作は政子をも脅すようになった。

ある日曜日、栄作が話があると言って政子を実家に呼び出した。政子は嫌な予感がしながらも、一人でいる弓子も心配だったので、呼び出しに応じた。

居間のテーブルをはさんで栄作と向かい合った。栄作は片方の肘をテーブルに置き、もう片方の腕はだらりと畳の上へ垂らしている。半身を政子に向けた状態で、猫背で顔を低い位置に置いていた。上目遣いで政子を見ている。

「姉さんよぉ……」

獣のうめき声のような低い調子の声で言った。

「親父の金、まだ一〇〇〇万あんだろぉ？」

予想もしていなかったこの言葉に不意を突かれた政子は、すぐに言葉を発することができなかった。確かに父の遺産で、兄弟たちに分配していない現金が一〇〇〇万円ある。父は生前、政子と弓子にだけ、

「実は縁の下のかめの中に一〇〇〇万円、別にしてあるよ」

と打ち明けた。結婚していない末娘の将来を案じた親心であった。

これは父や母の法要のために使おうと思い、別にしてあったのだ。誰にも言っていないはずだが、栄作はどうやって嗅ぎ付けたのか？

「その一〇〇〇万、隠してねえでちゃんと分けてくれよ」

ふてぶてしい横顔に薄ら笑いを浮かべて、大きく息を吐くようにして言う栄作の様子に、政子は初めて恐怖のようなものを感じた。これは栄作じゃない。小さい頃から栄作を知っているが、こんなことを言う子ではなかった。明らかに別人格が乗り移っている。

葬儀費用五五〇万円、私たちは一円も出さず、香典料まで分配してもらっていた。今後は弓子が墓守りをしてゆくことになるし、法事などもあり、何かと費用がかかってしまう。

「今後のいろんな付き合いもあるし、半分残しておこうよ」

そう政子が言うと、

「だめだ！　申告してねえんだろ！　だったら明日税務署に行って全部しゃべってやらぁ！　文句あんなら一〇〇〇万分配しろよ！」

ここで栄作と向かい合った時からただならぬものを感じていた政子は、この恫喝に屈してしまった。五人で二〇〇〇万円ずつ分けることにした。

果たして人間とは、こうも変わることができるのか？　ここ数年の栄作は明らかに政子や弓子の知っている栄作ではない。幼い頃は人見知りで大人しく、言葉は悪いが臆病で引っ込み思案な子だった。友達と相撲をとるのが怖くて逃げ回り、近所の山の中に隠れていたこともある。中学生の頃、政子が学校の弁論大会で優勝した時などは、大喜びで帰宅して、

「お姉ちゃん、すごいね！　すごいね！」

と、自分が優勝したかのような喜びようで、瞳を輝かせていたのを見た時、政子はこの子を弟に持って幸せだと思ったものである。いまの栄作の目は、あの時のものとは正反対だ。喜びも悲しみも感じ取ることのできなくなった、濁ったガラス玉を頭蓋骨の奥からのぞかせているようだった。結婚する少し前から様子がおかしいと思ってはいた。そしてそれは日を追うごとに激しくなり、いまはこの豹変ぶりである。政子にはこの栄作の変化の理由に、思い当たるものがあった。おそらく妻の昭子が関係しているのだ。

栄作の妻・昭子の人となり

栄作に変化が現れたのは、結婚前後の頃だ。それまでは父の煎餅屋を手伝い、真面目で大人しい本来の栄作であった。

栄作が二四歳の時、実家に一人の女性を連れてきた。

「俺、この人と結婚するから」

そう言って両親に紹介したのが昭子だ。昭子は栄作より二つ年上で、横浜の菊名の出身だった。長身でスタイルのよい女性だ。この時は無口であまりしゃべらない人だな、という印象だったそうで、両親は何も言わなかった。栄作が選んだ人なら、と結婚を認めた。それよりも、幼い頃から引っ込み思案だった栄作が初めて見せる強い意思表示と、それを押し通そうとする姿が驚きであり、逆に頼もしくも見えたのかもしれない。しかし、この時にその後の悪夢の兆候が始まっていたのだった。

結婚の話を進めつつ、二人の新居についても話が動いていた時のこと。父が実家を増築して二世帯住宅にし、そこに栄作夫婦を住まわせようとした。

「それはできない。昭子が嫌だと言っている」

栄作はそう言って、父の提案を拒否した。若い夫婦だけに、親との同居は嫌だという気持ちは理解できる。昭子は栄作から見れば年上の女房であり、栄作もどこか頭の上がらないところがありそうだとも思った。

「そこの高台の土地、空いてるだろ？　あそこに家を建ててくれよ」

実家から歩いてほんの数分の距離の高台に、以前父が購入していた一〇〇坪の土地がある。山川家の土地の中では一番いいところで、見晴らしがよく、晴れた日には富士山も見えた。長男の徳司に先立たれ、実質的な「長男」であった栄作に、両親は甘かった。実家の目と鼻の先でもあるため、父はこれを認めた。

昭和四〇年春、栄作と昭子の結婚式が盛大に行われた。父が建ててあげた見晴らしのよい新居で、栄作は昭子との生活を始めた。初めの数ヵ月は何事もなかったが、次第に妻の昭子がその本性を現し始める。

ある日の午後、母が栄作宅の近くを通りかかった時のこと。何気なく物干し場に目をやると、洗濯物が干されてある。昭子が干したのであろうが、よく見るとそれぞれの服が太陽に背を向けるようにして干されているのだ。

——あれは死人の干し方じゃないか……。

まだ若い妻だけに、知らないことも多いだろう。母は親切心から、栄作宅の玄関のチャイムを鳴らした。

しばらく応答がなかった。家も静まり返っている。

留守かな……と思って引き上げようかと考えていた時、激しくドアが開き、昭子が出てきた。寝癖まじりの髪に化粧はなし。寝間着とも普段着ともつかないだらしない格好で立っている。寝ていたのかな……。

昭子の方も、突然現れた姑の姿に少し面食らっているようで、言葉が出せないでいるようだ。ぼんやりと生気を失ったかのような目をして母を見ていた。口が動いて、何か言ったようだが聞き取れない。

「昭子さん、いきなりごめんね。洗濯物なんだけど、あの干し方は死人の干し方で縁起が悪いから……」

母がそう言って、正しい干し方を教えようとした時、昭子のそれまでの眠たげな目が突然、鬼のような眼光を放った。

「うるさいな！　どう干そうとこっちの勝手だろ！」

強烈な捨て台詞とともに玄関のドアは激しい音を立てて閉じられた。あまりの出来事に、母はしばらくそこを動けなかった。が、すぐに得体の知れない恐怖を覚え、急いで立ち去った。

これ以降、母は昭子には何も言えなくなってしまったようだ。たまたま機嫌が悪かっただけなのか？　それともこれが本来の昭子の姿なのか？

また別の日にはこんなこともあった。政子の夫・次男が職場の慰安旅行で熱海に行った時のこと。名物の干物を土産に買ってきたので、栄作のところにも届けた。玄関に出てきた昭子に次男が干物を渡すと、

「こんな野蛮なもの、持ってくるんじゃないよ！」

そう吐き捨て、干物を突き返してきたという。

また別の日などは、実家の畑で採れた野菜を父が届けたところ、その翌日、家の裏にその野菜がそっくり捨てられていたこともある。

昭子の、政子たち家族に対してのあまりにひどい振る舞いは一体なんなのか。結婚前には、菊名のとてもいい家庭の娘で育ちもよいと聞いていたのだが、ここまでくるとそれも疑わしい。よくよく思い出してみれば、結婚前には栄作も昭子も、昭子の実家のことや生い立ちについて、あまり多くを語らなかった。

政子は意を決して、菊名の知人を訪ねた。昭子の実家の近くで商売をやっているその人は、かつて父の兄弟子だった人で、とても親身になってくれた。昭子の名前を出したとたん、その人の表情は険しくなった。

「昭子かよ……」

眉をひそめ、声もひそめてそう言われた時、政子は確信に近いものを感じた。昭子は普通の女ではない。必ず過去に何かがある。

「昭子ってのは、このあたりじゃ知らないもんはいないくらいの札付きのワルでねぇ……」

昭子の母は、どこかの村の村長の娘で、父親のお抱えの運転手と駆け落ちで結婚したそうだ。女三人、男一人の四人きょうだいで、昭子は次女。姉は学校の教師をしている。妹は大手航空会社の客室乗務員。末っ子の弟は理由は不明だが、大学生の時に自殺したという。姉と妹は評判の美人だそうで、子どもの頃から学業成績も優秀だったそうだ。ところがこの三姉妹の中で、昭子だけは違ったらしい。

「姉も妹も、そりゃあ美人でさ。勉強もできたらしいよ。それにひきかえ昭子はあの器量だしさぁ。劣等感もあっただろうねぇ……」

出来のよい姉と妹に挟まれて、ずいぶんと肩身の狭い思いをしたらしいというのだ。中学生くらいの頃から悪い仲間と付き合うようになり、「悪の道」にのめり込んでいったそうである。

「昭子の結婚が決まった時はさ、あの両親がそりゃあ喜んだんだよ。やっと片付いたって。近所の連中も、よく貰い手があったもんだなんて言ってさ。あの器量で、しかも評判のワルでしょ。親も諦めてたんじゃないかなぁ」

これではっきりした。昭子は育ちのよい娘などではない。札付きの不良なのだ。母や夫へのあの乱暴な言葉遣いもこれで合点がいく。

「そうかい、昭子がお宅にねぇ……」

父の兄弟子は、気の毒顔とも呆れ顔ともつかない複雑な表情を浮かべて言葉を濁した。

栄作はなぜそんな女を伴侶に選んだのか。いまから思えば、栄作自身も結婚前後から言葉遣いや態度がおかしくなっていた。気の弱い栄作のことだ。おそらく昭子に感化され、そして洗脳されているに違いない……。

政子はこのことを両親と弓子に伝えるため、その足で実家に向かった。実家の前につながる坂を上っていくと、高台にそびえる栄作夫婦の家が目に入ってくる。実家の門の前で立ち止まり、栄作宅を見上げた。あの中で毎日何が行われているのか。どんな会話がなされているのか……。

「栄作、お前は一体、昭子に何をされているんだい……」

傾いた夕日に照らされて、栄作宅の屋根瓦が一瞬、鈍く光ったように見えた。

第四章　事件の発覚と経緯

弓子と昭子の交流

政子は両親と弓子に、昭子について聞いてきたことを話した。政子にとって一番の心配の種は弓子だ。優しい性格で人付き合いもいい方だが、悪く言えばお人好しな部分がある。栄作や昭子にいじめられたりしないだろうか……。私が一緒に暮らしていればよいのだが。

ある日、政子が実家に立ち寄った時のことだ。栄作や昭子たちの様子を、弓子にそれとなく聞いてみた。

「昭子さんは、お姉さんが言うほど悪い人じゃないんじゃないの？　私、時々一緒にカラオケ行ってるよ」

弓子の意外な答えに驚いた。昭子と遊びに行っているのだ。

「あんたが誘うの？」

「ううん、昭子さんが誘ってくるの。よくここにも来るし」

「え！　昭子が？　いきなり来るの？」

「ちゃんと電話してから来るよ。いまから行ってもいいかなって」

聞いてみると、家が近いせいか、かなり頻繁に出入りしているようである。すでに別居しているとはいえ、自分のいない間に実家に昭子が上がり込んでいると聞き、政子はあまりいい気持ちにはならなかった。

変わり者の昭子にとっては慣れない嫁ぎ先だ。友達もいないだろう。弓子は格好の遊び相手なのか。弓子もそれほど友達が多いわけではない。本人たちが楽しくやっているならいいのだが……。政子は弓子に、昭子とあまり深く付き合わないように言い残した。漠然とした不安が残ったままだったが。

母と父が亡くなってから、弓子は実家を引き払い、父から相続した三軒の借家のひとつに一人で暮らすようになった。実家の近くであったため、昭子の家からも見える範囲にある。政子はその頃、以前とは違って川崎に移り住んでいたため、たびたびは様子を見に行けない。隣接地にあった築二〇年あまりの思い出の総檜の家は夫・次男の亡きあと、わけがあってすでに取り壊している。政子の不安はますます募っていった。

そんな政子の不安をよそに、相変わらず昭子は弓子を遊びに誘い、弓子も断らずに応じていた。弓子の家へも出入りを繰り返しているようである。そしてそれは大胆になっているようだった。上がり込んで、食事をして帰ることもあるそうだ。また、弓子がいるにもかかわらず、家の中をあちこち歩き回り、タンスや引き出しの中を勝手に見たりするのだとか。

さすがにこの話を聞いた時、政子は怒りの感情が湧き起こってきた。

「そんな勝手なことをさせるんじゃない！　昭子と付き合うのはもうやめなさい！」

弓子は納得したのかしていないのか、黙って微かにうなずくだけだった。

事件の発覚

平成一六年春。父の不慮の死から二年が経過し、父の法事を営むことになった。山川家の菩提寺で行われた三回忌の法事には、父の縁の人たちが数多く訪れ、無事に終えることができた。一回忌同様、栄作夫婦がお布施を出すどころか法事にも出席しなかったのは予想通りであったが、そんなことより政子はこの時、弓子の様子がおかしいのに気付いた。法事の準備も、当日のことも、なぜか弓子は手伝おうとはしなかった。前回の法事の時は頼んだことはやってくれたものだが、今回は頼んでも生返事ばかりでいっこうに動こうとしない。さらに法事の読経の最中などは居眠りをする始末。確かにこの数週間は目立って顔色がよくなかった。疲れているのか、明らかに元気がない。物忘れも多くなっているようだ。何かとんでもない病魔に冒されていなければいいと、その時は思った。

　法事の翌日、政子は弓子の家を訪れたが、中に入って驚いた。以前来た時よりも散らかっている。あまり掃除をしていないようだ。ゴミがビニール袋に入れられ、台所の隅にいくつか置かれたままになっていた。しばらく捨てていないようである。もともと家事は苦手な子であったが、それにしてもひどい。

「疲れてるの？」

政子がそうたずねると、弓子はしばらく黙ったあと、軽く首を左右に振った。

「お父さんから預かった一〇〇〇万円のうち、あんたの分まだ預かったままになってるから早めに取りに来てよ」

政子がそう言うと、弓子は突然何かを思い出したかのように顔を上げた。

「すぐ取りに行く！　明日行くから！」

この弓子の反応に、政子は違和感と不審感を覚えた。十分に相続したのだから、お金にはまったく困っていないはずである。何か高い買い物をしてしまったのか。それともこのところの体調不良が原因なのか。来た時よりも大きくなった不安感を胸に、弓子の家をあとにした。

翌朝、弓子は政子の自宅にやってきた。二〇〇万円の現金を渡すと、何かに追い立てられるように慌てて帰っていった。その様子にただならぬものを感じたが、気のせいかもしれないと思い、政子は会員になっているスポーツジムへ出かけた。

ジムに着き、水着に着替えてプールで泳いでいると、虫の知らせというのだろうか、政子は急に得体の知れない胸騒ぎと寒気を感じた。水に浸かっているせいかとも思ったが、これはいままでに感じたことのない、未知の不安感だった。急いでプールから上がり、更衣室で濡れた水着のまま、弓子に電話をかけた。

「お客さまがおかけになった電話は電波の届かない場所にあるか……」

無機質なアナウンスが耳に響く。政子はすぐに着替えをすませ、自宅に向かった。自宅への道すがら、何十回も電話をかけたが弓子はいっこうに出ない。それもただひたすら呼び出し音が鳴り続けるかと思えば、いきなり留守電になることもあった。

「弓子、何やってるの、早く出てちょうだい……」

ようやくつながったのが、その日の深夜である。

「今日渡したお金、どうした？」

政子がそう聞くと、弓子は電話の向こうで一瞬呼吸を止めたように思えた。

「銀行に預金したよ……」

そうは答えるものの、明らかに自信のなさがうかがえた。一瞬の間も気になる。

「本当に銀行に入れたんだね？　本当だね？」

しつこく念を押した。

「うん……、入れたよ……」

弓子はやはり何かを隠している。政子は自分の聞き方が威圧的すぎるのかとも思った。

電話を切ったあと、政子はシアトルにいる四男の春彦に電話をした。春彦は弓子と年が近く、幼い頃からきょうだいの中でもとくに仲がよかった。春彦にならば、何かを話すかもしれないと思ったのだ。

翌日、春彦から電話があった。

「姉さん、大変なことになってるよ」

ため息まじりに話す春彦のこの言葉を聞いただけで、政子は自分の予感が的中したと思った。受話器を握る手に力が入った。

「弓子姉さん、誰かに金を貸してるみたいなんだよね……」

「誰かって……誰に？」

嫌な予感がさらに激しい嫌悪感を帯びて迫ってくる。

「結婚の約束をした人だって」

えっ？　結婚の約束？　政子にとってそんな話は初耳だ。これまで一度たりとも弓子からそのような話を聞いたことも、相談を受けたこともない。

「いくらぐらい貸したんだって？」

「それがさ、二五〇〇万円近く貸してるらしいんだよ」

聞いたとたんに軽いめまいに襲われた。何のためにそんな大金を貸したのか。しかも相手は男だ。

「姉さん、考えたくないんだけど、これ、もしかすると……」

政子も春彦も「結婚詐欺」の四文字が頭に浮かんでいた。

「うん、わかってる！　春彦、ありがとう！」

あえて元気な声で言ってみせた。春彦に余計な心配をさせないためというのもあるが、気を張っていないと自分自身がどうにかなりそうだった。

その後、弓子のことを心配した春彦は、政子に何十回となく長時間の国際電話をかけてきてくれた。その料金が一〇〇万円近くになるほどに。

翌朝、政子はリフォームが済んだばかりの弓子の家に行った。

「春彦から聞いたよ……」

できるだけ威圧的な雰囲気は作るまいと、政子はゆっくりと、声を落ち着けて語りかけた。弓子は小さくうなずいた。

「誰かにお金を貸したんだってね。どういう人なの？」

弓子は、それまでうつむき気味だった顔を急に上げた。

「結婚を前提に付き合ってる人で、福田さんて人……」

「いくつぐらいの人なの？」

「私よりも四つ下。五二歳」

「付き合ってどれくらいになるの？」

「去年の七月からだから、一〇ヵ月くらいかなあ……」

付き合い始めてまだ一年にも満たない相手に二五〇〇万円貸してしまうという

のが大いにひっかかる。いや、大いに不可解だ。

「どこで知り合ったの？」

「井土ケ谷のカラオケスナック。昭子さんと一緒に行った時に……」

昭子の名前が出てきたのは予想外だった。悪い予感が連鎖的に次の悪い予感を呼び起こしてゆく。

「その福田さんという人はどんな人なの？」

必死に気持ちを落ち着かせながら聞いた。

「歌がうまくてね、優しい人だよ。海老名で雑貨のお店をやってる」

強ばっていた弓子の表情が、一瞬ゆるんだように見えた。少しずつ饒舌になってゆく気配がある。

「ふうん。どんな感じで付き合い始めたの？」

政子はわざと、少しだけ笑ってみせた。

「福田さんがね、結婚を前提に付き合ってほしいって。それで私もＯＫしたの」

「それはいつ頃言われたの？」

「初めて会った時に言われたよ」

初めて会った相手に、いきなり結婚を前提とした交際の申し込みをすることがあるのか。最近の若い人はいざ知らず、聞けば福田という男は弓子と歳はほとんど変わらない。

「どんな付き合い方をしてるの？　デートはどこでしてるとか……」

あえて聞きにくそうに言ってみた。

「一緒に食事したり飲みに行ったりカラオケやったりしてる」

普通の男女の付き合いである。体の関係があるのかないのかとか、もういい大人なんだし、どうでもよいかとも思った。しかし、次の弓子の言葉に耳を疑った。

「昭子さんも一緒なんだけどね」

昭子も一緒？

「ちょっと待って、昭子も一緒って、それ、どういうこと？」

「昭子さんとね、あと福田さんのお友達の稲村さんて人といつも一緒に遊びに行ってるの」

「じゃあ、あんた、その福田さんて人と二人だけで会ったことは？」

弓子は首を横に振った。付き合い始めて一〇ヵ月、二人だけで会ったことが一度もないとは！　それは男女の交際と言えるのか？　しかも出会ったその日に結婚を前提とした交際の申し込みとは！

「弓子、付き合って一〇ヵ月にもなるのに二人だけで会ったことが一度もないなんて、それって付き合ってるって言えるの？　なんでいつも昭子が一緒なの？」

あまりの不自然な状況と、それを不思議に思っていない弓子の様子に、押し殺していた苛立ちと怒りが一気に吹き出した。

「福田さんと昭子さん、前から知り合いだったみたいだから……」

福田と昭子が以前から面識があった？

「その福田さんて人は、結婚してほしいと言ったの？」

最も重要な部分を聞いてみた。

「結婚を前提に付き合ってほしいって言われたよ」

「結婚を前提に付き合ってほしいって言われただけで、結婚してほしいとは言われてないんだね？」

政子がゆっくりと念を押すように聞くと、弓子は黙ってうなずいた。ああ、なんて馬鹿なお人好しなんだろう。弓子は五〇代になっても、純真な乙女心は少女の時と変わらず、夢の「王子様」を探し求めていたのだ。政子の頭の中で、バラバラになっていた糸くずが、少しずつ一本の紐になってゆくのがわかった。

事件の経緯

弓子は福田との出会いと付き合いについて、ゆっくりと話し始めた。

――平成一六年七月二二日。例年に比べて猛暑日の多い夏のある日、定職に就いていなかった弓子は、とくに予定もなく、家で一人で過ごしていた。

昼過ぎ頃に昭子から電話があった。

「涼しいところでカラオケやらない？」

暇を持て余していた弓子は昭子の誘いに乗り、井土ケ谷のカラオケスナックに向かった。以前、昭子と一緒に何度か行ったことのある店だ。スナックだが、カラオケをやる客のために昼間から営業している。弓子と昭子は一番奥のテーブル席に座り、カラオケを楽しみ始めた。

二人がカラオケを始めて一時間ほど経った時、男二人と女一人の三人組の客が入店してきた。彼らは弓子たちから少し離れたテーブル席に座り、飲み物を注文した。すると昭子が、その三人組のうちの一人と会釈を交わした。

あの男の人、昭子さんの知り合いかしら？

弓子はその男の顔に見覚えがあるような気がした。このお店の常連さんだろうか？　どこで会ったのか、まったく思い出せないでいた。

店内は五人の客が代わる代わる歌うようになっていた。弓子が得意の「ゴッドファーザー」を歌い終えた時、店のマスターが弓子の前に一杯のジュースを置いた。

「あちらのお客様からです」

マスターが示した方向を見ると、一人の男が座っている。三人組の一人、昭子と会釈を交わした男だ。弓子と目が合うと、軽く微笑んで会釈をした。弓子も慌てて会釈を返す。すると三人組の中で一番年長と思われるその男は、自分のグラスを持って弓子のそばにやってきた。

「隣に座ってよろしいですか?」

弓子がうなずくと、男は再び軽い会釈をして腰かけた。その紳士的な態度に、弓子は好感を覚えた。男は福田と名乗った。年齢は弓子より四つ下の五二歳というが、背が高く精悍な顔立ちで、実年齢よりも若く見えた。この時弓子は、自分が長年探し求めていたタイプの男性だと直感した。

「歌がお上手なんですね。もっといろいろ聴かせてください」

弓子はカラオケを趣味にしており、歌唱力にも自信があった。男に褒められて気をよくした弓子は自信のある曲をいくつか選び、歌ってみせた。弓子が歌っている間、福田は微笑みながらずっと弓子の顔を見ている。時々、弓子の歌声に合わせて歌ってくれることもあった。そして歌い終えると、誰よりも早く、そして誰よりも大きな拍手をしてくれる。

「弓子さん、本当にお上手ですね！　歌手になればいいのに！」

福田が微笑みながら投げかけてくるそれらの言葉が面映ゆく、照れを隠すのに苦労したが、それを見逃さずに、

「弓子さんって可愛らしい人ですね」

と追い打ちをかけてくる。その優しい表情と優しい言葉に、弓子は少しずつイケメン・福田に興味を抱くようになった。

夕方に差しかかる頃、福田が夕食に誘ってきた。昭子、そして福田と一緒にいた二人と五人で近くのファミリーレストランに入った。

店では弓子は福田の向かい側に座った。

「えっ、弓子さん独身なんですか！　もったいないなあ」

「絵もお描きになるんですね！　今度見せてくださいよ」

「へえ、英語が得意なんですね！　海外旅行の時は一緒に行ってもらわなきゃ」

食事中、福田はいろんな質問を弓子に投げかけてきた。昭子とほかの二人は別

の話で盛り上がっている。弓子は福田の質問にすべて答えた。多少脚色しながら。

食事が終わり、お茶とデザートが運ばれてきた時、福田が少しだけ弓子に顔を近づけ、小さめの声でこう言った。ほんのりとした柑橘系の香水の香りが、弓子の鼻をくすぐった。

「弓子さん、稲村なんか、お相手としてどうですか？」

稲村とは、福田と一緒にやってきた男である。女の方は和田と言った。稲村はまだ若く三〇歳に達しているかどうか、という感じだった。しかし、頭髪は茶色に染められており、耳にはピアス、いわゆる「いまどきの若者」という印象で、福田とは違い、態度も言葉遣いもやや粗雑な感じがする。弓子の好きなタイプではなかった。

「稲村さんは……ちょっと違うかなあ……」

弓子はちょっと困ったような表情を作って笑ってみせながら答えた。すると弓子のすぐ隣に座っていた昭子が、

「福田さん、この間弓子さんと一緒に舞台観に行ったよ。ねぇ弓子さん」

弓子は、あっと思った。二週間ほど前、昭子に連れられて海老名の小さなライブハウスに演劇鑑賞に行った。その芝居に福田は主役で出ていたという。カラオケスナックで福田を見た時、弓子は何となく見覚えのあるような気がしていたが、その時だったのだ。

「僕の舞台、観に来てくれたんですか！　嬉しいなあ！」

福田は子どものような無邪気な笑顔で言った。雑貨商をやっていると言っていたが、その傍ら役者もやっているのだ。一緒に来た稲村も同じ小さな劇団のメンバーらしい。普段、接することのない世界の人の話に、弓子は夢中になった。

しばらくすると、福田の隣に座っていた和田が手洗いに立った。すると弓子の隣にいた昭子も、ひとつ席を空ける形で稲村の正面に座り、お互い顔を近づけて何やら話し始めた。すると福田が、先ほど近づけた顔をさらに弓子に近づけ、こう言った。

「弓子さん、僕と結婚を前提にお付き合いいただけませんか？」

突然の言葉だった。弓子は体じゅうが熱くなっていくのを感じた。こんなことを男に言われたのは初めてではない。しかし、ここ数年は見合いもせず、結婚も半ば諦めかけていた時だっただけに、まったく心の準備ができていなかった。

金縛りにあったかのような弓子を福田はじっと見つめていた。その両目の黒目の部分に弓子の姿が映っている。

「弓子さん、僕には夢があるんです。カラオケスナックを始めることです。さっきあなたの歌声を聴いて、とてもお上手だし、歌への愛情もすごいですよ。あなたと一緒にカラオケスナックを経営できたら、こんな嬉しいことはない……」

最近はアルバイトも辞めて、これといった定職に就くこともなかった弓子の眼前に、小さな光が灯ったような気がした。大好きなカラオケに関われる仕事ができたら……。そして諦めかけていた結婚もできる……。次の瞬間、弓子は首を縦に振っていた。

会計をすませ、店を出て五人で歩く。昭子と稲村、和田が固まって歩く後ろを、少し距離を置いて弓子と福田が並んで歩いた。

「弓子さん、カラオケスナックの話、さっそく進めましょう。すぐにでもあなたとお店をやりたい」

　弓子は笑ってうなずいた。

「それでね、お店を開くのにすごくいい場所を見つけたんですよ。さっそく手付金を払って押さえたいなって思うんですけど、資金が足りなくて……。弓子さん貸していただけませんか？」

「いくらですか？」

「八〇〇万円です。もちろん必ずお返しします。素敵なお店を作りましょう」

　この言葉で弓子は貸すことを決意した。だが、八〇〇万円は多過ぎる。

「五〇〇万円ならなんとかなります」

「ありがとう！　それでも十分です」

　福田はそう言って、満面の笑みを弓子に向けた。翌日、弓子は福田に借用書と引き換えに初回金五〇〇万円を渡した。

　その後も福田は弓子に借金を頼んだ。

「内装の修繕費が必要だから」

「役所への届け出でお金がかかるから」

「大型クーラーを取り付けるから」

いろいろなもっともらしい理由で弓子に金を借り続けた。そしてそのたびに福田は、

「落ち着いた大人の雰囲気のお店にしたいですね。弓子さんどう思います?」

「どんなお酒を店に出そうかなぁ。弓子さんの好きなお酒は絶対置いとかなきゃ」

と、弓子に気を遣う台詞も忘れなかった。そして弓子も言われるがまま、借用書を受け取り、金を渡し続けた。

しかし、そんな状況が長く続くはずがない。定職に就いていない弓子にとって、資金源はそれまでの自分の貯蓄と父から相続した財産だけだった。弓子の蓄えは見る間に減ってゆき、とうとう「底」が見え隠れし始める。さすがの弓子も不安を覚えずにはいられなくなった。

この頃福田は、人相の悪い男を連れて、たびたび弓子の家へ車で乗り付けては、父の形見、金目の骨董品などをあさっては持ち出していった。

「弓子さん、この土地、縁起が悪いなあ。あんた、早死にするよ」

そんなことを言って弓子を脅かすこともあったようである。

平成一七年五月、さらなる借金の申し入れのため、福田に呼び出された弓子は、もう手持ちの金が底をつきかけていることを話し、これ以上は貸すことができないと打ち明けた。その場には昭子もいた。すると弓子の資金の底を知った福田は、

「誰かに借りてこい！　身内には絶対に内緒だぞ！」

井土ケ谷のカラオケスナックで初めて会話した時の紳士的な福田の姿はそこになかった。

「金がないんだったら作ればいいだろぉ。土地があるんじゃねえのかよ？」

乱暴な態度と言葉遣い、獲物を睨みつけるような獣のまなざしでしかなかった。

「土地を担保に入れてお金借りりゃいいのよ」

一緒にいた昭子が言う。

「このままだとカラオケスナックオープンできないよ。福田さんと一緒にやるんじゃなかったの？」

優しさのかけらもない福田の態度と、昭子の脅しに近い言葉に、弓子は完全に気圧されてしまった。

平成一七年五月一二日、弓子は福田、稲村、昭子の三人に連れられ、町田にある消費者金融の営業所に出向いた。弓子が父から相続したばかりの土地権利書を担保に一三〇〇万円を借り入れる間、三人は停めた車の中で待機していた。弓子が現金を持って車に戻ると、福田は「借用書はあとで書く」と言って全額を取り上げた。その後、弓子が借用書を求めても、忙しいなどと言われ、結局そのままになってしまった。

その日、深夜に帰宅した弓子は、何もする気が起きなかった。その夜はろくに眠れず、それは翌日からも続いた。福田の豹変ぶりもさることながら、父が遺してくれた財産のすべてを福田に渡してしまった後悔が、日々弓子の心を蝕んでいった。それでも初めて話をした時の福田の表情が忘れられない。二五歳の時、花嫁衣装を新調し、出番を待つこと三〇年。福田と結婚し、カラオケスナックの共同経営者になる夢も諦めきれない。騙されたなんて思いたくない……。

弓子はこの時まだ、福田を心の中では信じていたのだ――。


ひと通り話を聞き終えた政子は、しばらく言葉が出なかった。聞いているだけで疲労感を覚える話である。ただひと言、

「お父さんが遺してくれた土地まで盗られてしまったんだね……」

とつぶやくのが精一杯であった。

すると弓子の口から思いもよらない言葉が出た。

「違うよ、お姉さん、貸したんだよ。ちゃんと返すって言ったし……。それにね、あとは心配するな、俺が面倒みるからって言ってくれたんだよ……」

「あんた、まだそんなこと言ってるの？　その福田とかいう男に利用されてるだけよ。騙されてたんだよ！」

政子は思わず声を荒らげてしまった。

政子は弓子から聞いた福田の言葉を思い出し、怒りと悔しさと恐怖と、あらゆる負の感情が入り交じって襲いかかってくるのを感じた。

――金がないいんだったら作ればいいいだろぉ。土地があるんじゃねえのかよ？

昭子が言わない限り、父の土地を弓子が相続していることなど、福田が知るはずもない。仮にそれを知っていたとしても、それを担保にどれほどの借り入れができるかなどなおさらだ。間違いない！　昭子が福田に情報を流している！　もちろん栄作も共謀しているに違いない。あれほど弓子の土地を欲しがっていたのだ。考えてみれば、弓子が福田と出会ったのは父の相続が完了したあとである。あの時は、これでもう栄作も何も言えまいと思って安心したのだが、まさかこんな手を使ってくるとは……。奴らの狙いは弓子が相続した遺産すべてなのだ。

話し終えた弓子は、安心してしまったのか、疲れたので横になると言い出した。この数日、ろくに眠れなかったようである。政子は隣の部屋に布団を敷き、弓子を寝かせた。弓子は布団に入るとすぐに寝息を立て始めた。その間政子は、少しでも居心地をよくしてあげようと、散らかった家の中を簡単に片付けた。そして弓子から聞いたことを整理してみた。

話の内容からすると、昭子が一枚噛んでいるのは間違いなさそうである。聞けば以前から福田とは知り合いだったようだ。昭子が何らかの意図を持って弓子に福田を近づけさせたのか。

その時ふと栄作のことが思い浮かんだ。栄作は恐らくこのことを知っているであろう。思い起こせば栄作の行動には不審なところがたくさんある。父が倒れた時、病院に連れて行ってくれた茂を怒鳴りつけた。父が亡くなった時も一人で喜んでいるようなところがあった。まさに危篤というその時に保険金の話をするくらいである。父の遺産の分配に不満を言ってきたのも栄作だけだ。弓子に「おまえの土地をよこせ」と言ってきたほどである。余分にとってあった一〇〇〇万円についても、脅してまで奪おうとした。理由はわからないが、栄作は金が欲しいのだ。

弓子が眠っている部屋の襖をそっと開けてみた。すき間から差し込んだ灯りが弓子の寝顔を少しだけ照らしている。よく眠っているようだ。これまで見合いで何度も失敗し、結婚を諦めかけていた時に現れた福田は、弓子にとって、まさに王子様だったのだ。それが悪魔のような連中の仕組んだ罠だとも知らず、ずっと夢を思い描いてきていたのだろう。可哀想に……。弓子の寝顔がかすんで見えなくなり、政子はそっと襖を閉じた。

二時間ほどして、弓子が目覚めたようだ。

「弓子、じゃあ私は帰るからね」

弓子は黙ってうなずいた。その顔は寝起きのせいか、心なしか不安そうな表情のようにも見える。

「もう、昭子たちと関わっちゃだめだよ」

福田の名前はあえて出さなかった。ひょっとすると弓子は福田のことを本気で愛してしまっているのかもしれない。どんな男かわからないが、もしそうだとすれば、弓子のその気持ちだけは傷つけたくないという思いが働いてしまったのだ。弓子は伏し目がちにうなずいた。うまく福田たちとの関係を断ち切ってくれればよいのだが、その時の弓子のうなずき方に、政子は一抹の不安を覚えた。玄関まで見送ってくれた弓子の目が自信なさげに見え、政子は胸騒ぎのようなものを覚えた。

その後、やはり弓子のことが心配だった政子は、時々電話を入れてみるようにしていた。だが、電話はなかなか通じない。そして弓子からの電話もない。弓子の家を去る時の、弓子のあの自信のない、弱々しいまなざしを思い出すたびに、政子は不安に襲われた。寝ている時も、毎晩のように夢の中に両親が出てきた。父と母は何も言わず、二人そろって寂しげな、そして悲しげな表情で政子を見つめているのだ。目が覚めたあとも、両親のその表情が残像として瞼の裏に焼き付き、胸を締め付けられる思いだった。

ある日、ようやく弓子と電話がつながった時のこと。とりあえず、声が聞けただけでも安心する。弓子の様子にあまり変化はなかったようだが、その時、弓子の話し方がいつもと違うように感じられた。

「体調はどう？　ちゃんと眠れてる？」

「うん、大丈夫……」

そう弓子は答えるが、やはり元気がない。福田とは縁を切ってくれただろうか。政子自身が出て行きたいくらいだが、お互いいい大人、やはりそれは憚られた。弓子の問題であり、弓子自身が解決してくれることを政子は期待していた。

「昭子たちとは会ってないいんだろうね？」

弓子はしばらく黙ったあと、

「……うん」

と答えた。この沈黙が妙にひっかかった。

「ひょっとして、まだ会ってるの？」

再び沈黙が挟まり、

「……うん」

この弓子の返事に、今度は政子が言葉を失った。やはり以前、政子が感じた胸騒ぎは単なる杞憂ではなかった。やはり弓子は福田を愛してしまっているのだろうか。あとでわかったのは、その頃の弓子の心境は、福田への愛ではなく、福田の巧みな恐喝に対する脅えだったたという。カラオケスナックの経営と結婚を実現させるため、あとには戻れない状態だったのだろう。

「もうお金貸したりはしてないよね？」

やっとの思いで絞り出した言葉で政子は、最も聞きたくない質問をした。最悪の答えが予想できた。

「お姉さん、それがね……」

「また貸しちゃったの？」

「……うん」

受話器を持ったまま、政子はどこかの真っ暗闇に吸い込まれてゆくような、失望と絶望に近いものを感じた。

政子が気づき、弓子に打ち明けられた時点ですでに三〇〇〇万円近くを騙し盗られていたわけだが、それ以降もその関係は続いていたのだ。

次々と奪われる現金に悩まされていた政子は、ふとあることを思い出した。数週間前、弓子が相続した借家に三〇年来住んでいる老夫婦からの電話である。

「政子さん、妹さんの土地、測量してるみたいですけど……」

測量？　政子は耳を疑った。土地の測量は名義変更の際に終わっている。何でいまさら測量をやり直すのか。これは弓子の資産を調べ、売却するための福田や昭子の仕業だったのだ。政子はこれですべてが終わったと思った。

「あれほど福田と昭子には近づくなと言ったのに！」

もう弓子に気を遣っても仕方がないと思い、政子はついに福田の名前を出した。しかし、怒っても始まらなかった。弓子は最後まで福田を信じ切っていたのだ。そして夢を見続けていたのだろう……。


そしてこのことが発覚した時、最も政子に衝撃を与えたのは、福田が自分の車に弓子を乗せ、あちこちの消費者金融をまわり、借金をさせたという事実である。弓子にもはや持ち金がないと判断した福田は、

「弓子さん、ドライブに行こう」

甘い言葉で弓子を誘った。福田を信じていた弓子は、嬉々として迎えに来た福田の車に乗り込んだらしい。それが地獄への直行便だとも知らずに。

車には他に誰も乗っていない。初めての二人きりのデート……。それまで福田に激しく乱暴な言葉をぶつけられていたことなど、すっかり忘れてしまっていた。

車の中で福田は突然、

「弓子さん、いま保険証持ってる？」

と、ドライブにしては不可解なことを聞いてくる。

「うん、お財布に入ってるけど……」

すると福田は黙ったまま車を走らせ続け、ある消費者金融のＡＴＭの前にいきなり車を横付けにしてこう言った。

「あそこで借りられるだけ借りてこいよ」

予想外の言葉に弓子が身動きできずにいると、

「さっさと行けよ！」

ハンドルを拳で殴りつけながら怒鳴った。全身が恐怖で染まった弓子は言われるがまま、急いで車を降り、金を借りて戻ってきた。福田は弓子から金を受け取ると、眉間に皺を寄せたまま数えている。助手席で弓子がシートベルトを締めようとすると、

「あ、締めなくていいから」

弓子を制して車を急発進させた。シートベルトを締めていない弓子は、その衝撃で危うくフロントガラスに頭をぶつけるところだった。

福田は合計九ヵ所の消費者金融のＡＴＭをまわり、次々と弓子に金を引き出させた。その金をすべて福田が奪い、弓子は途中で車から降ろされてしまったのだ。家まで送り届けるどころか、身ぐるみはがされ、重く大きな借金を背負わされて、道端に放り出されてしまったのである。

さらに政子の怒りの炎に油を注いだのは、福田が別れ際に弓子に言った言葉である。

「毎月のローンと生活費は必ず保証するよ」

この言葉で弓子は釘を刺された形になってしまった。福田への不信と恐怖が芽生えつつある時、この甘い「殺し文句」がその芽を完全に踏み潰してしまったのだ。

この話を聞いた数日後、政子は弓子の家に行った。

「一体、いくら盗られたの？」

「八〇〇万円くらい……」

弓子は借用書の入ったファイルを手渡してきた。開くと、福田の署名が入った手書きの借用書が何枚も収納されている。最初の借用書だけは丁寧な筆跡で書かれてあるが、回を追うごとにそれは次第に乱暴な筆跡へと変わっていた。油断させるため、最初だけは丁寧に書いたのだろう。弓子が案外に騙しやすいことがわかり、徐々に手を抜いていったのか。

平成一六年　七月二三日　五〇〇万円
八月二七日　三〇〇万円
九月二五日　四五〇万円
一一月五日　六三万円
一二月一三日　二五〇万円
一二月二九日　七〇万円
平成一七年　一月一〇日　四〇万円
一月一五日　五〇万円
二月三日　六〇〇万円
二月二三日　四〇〇万円
五月一二日　一三〇〇万円
五月一四日　五〇〇万円
六月七日　五〇万円
六月一三日　三〇万円

六月一六日　一〇〇万円
六月二一日　一〇〇万円
六月二七日　二〇〇万円
七月九日　八〇万円
七月二二日　一五〇万円
八月七日　三五万円
八月一六日　五〇万円
八月二七日　三〇〇万円
九月八日　一五〇万円
九月一二日　四〇万円
九月二四日　二〇万円
一一月五日　七〇万円
一一月一二日　一〇〇万円
一一月三〇日　三万円

一二月三日　四七万円
一二月一三日　八万円
一二月二七日　五〇万円
一二月三〇日　三〇万円
平成一八年　一月七日　二〇万円
二月一七日　四〇万円
三月六日　一〇万円
三月八日　七五八万円

合計　六九六四万円

その後にわかった分も含め、七〇〇〇万円近くも福田に渡してしまっていたのだ。

「よくもこれだけの金額を、誰にも相談せずに渡してしまったもんだね……」

ファイルを一枚一枚乱暴にめくりながら、政子はため息まじりに言った。

「福田さんが、お姉さんや弟には秘密にして、あとでお店をオープンした時に驚かせてやろうって……」

違う意味で本当に驚かされたものだ。やはり周到に手を打ってある。もはや素人の犯行ではない。

ふと見ると、一ヵ所だけ福田の借用書とともに、弓子の借用書もあった。

「これはどうしたの？」

問いつめるようなきつい口調になったつもりはなかったが、一瞬弓子が驚いたように肩をすくめた。

「小林さんにお金を借りて……」

えっ、小林さんまでも？　小林さんとは政子と弓子の共通の知人だ。平成一七年九月二四日に、弓子は小林さんから二〇万円の借り入れをしている。しかも、聞けばそれ以前には、父が民謡を教えていた愛弟子たちの家を数軒訪ねて借金の申し入れをしたそうである。すべて断られたようだが、父が生きていたら、と思うとゾッとする。その早技、やり方、一体なぜ……。

そして小林さんに借金をしたのとまったく同じ日付の福田の借用書。福田は同じ日に弓子から二〇万円を借りているのだ。

「小林さんに借りた二〇万、そのまま福田に貸したの？」

この時も弓子は黙ってうなずくだけだった。自分の蓄えがなくなり、知人に借金をしてまで福田に金を貸していたのだ。その凄腕に政子はさすがに驚き、思わずファイルを閉じて床に置き、そのまま両目を閉じてしまった。

「弓子……。借入金の利子はいくらなの？」

政子が目を閉じたまま聞いた。一瞬黙った弓子は、その質問には答えず、

「でもね、お姉さん、福田さん、ちゃんと返すからって、念書も書いてくれたし……」

と、何かを覆い隠すかのように、言葉を濁すような口調で言った。弓子の言う通り、ファイルの最後には、確かに福田が書いた念書が納められている。金は必ず返す、そして一生弓子の面倒をみるという文言が、殴り書きのような筆跡で並

べてある。Ａ４のレポート用紙に書かれた念書は、漢字はほとんど使わず、文字の大きさもバラバラ、とめ・はねは乱雑、各行の最後は右に振れたり左に振れたりしている。何かのメモ書き程度にしか見えないその「汚さ」に、政子は激しい侮辱を感じた。

「あんた、この期に及んでまだこんなもの信用してんの？　嘘に決まってるじゃない！　これは詐欺なのよ！」

「……ごめんなさい」

震える細い声で言う弓子の瞼から、小さな雫が落ち始めた。

「馬鹿！」

政子は、恐怖に震える弓子の体を強く抱きしめた。

福田の念書にある通り、一ヵ月目の返済分は福田が払ったようだ。しかし早くも二ヵ月目には福田は一円も払わず、返済不能に追い込まれた。弓子は福田に連絡したが、「金がない」のひと言で電話を切られてしまう。平成一八年三月、ローンの延滞料を目の前にして焦った弓子は、父からもらった土地を売るため、不動産屋に急きょ駆け込んだ。昭子も一緒だった。しかし足元を見られ、安値での条件を承知せざるをえなかった。弓子は一五〇〇万円を返済し、残金を自分の預金口座に入れておいた。

その日の夜、弓子は福田と昭子に呼び出された。

「土地を売った金、持ってきたか?」

福田がぶっきらぼうな口調で聞いてきた。

「いえ、自分の口座に入れてます」

そう弓子が答えると、福田は一瞬、呆気にとられた顔をした。みるみる顔を紅潮させ、昭子の方を向き直るやいなや、

「お前がついてて何やってんだよ。何で現金でここに持ってこさせねぇんだよ!」

いまにもつかみかからんばかりの勢いの、鬼のような形相で怒鳴りつけた。この福田が発した言葉で、弓子は自分が完全に「金づる」にされていたことを初めて疑うようになった。

こうして弓子は、父からもらった土地も借家も失うことになった。借家人に立ち退き料を支払い、売却代金のほとんどは福田と昭子によって奪われたのだった。弓子にはわずかばかりの生活費しか残されなかった。

これをきっかけに、弓子は生まれて初めての借家暮らしを始めることになる。「毎月のローンと生活費は保証する」という福田の言葉を、ここまで落ちてもまだ信じている愚かさに政子は怒りを感じた。政子は亡き両親のお墓の前で、この情けない事態について何度も謝罪した。

借家暮らしが始まって四ヵ月目には、弓子は家賃を滞納するようになり、怒った家主はついに錠前を付け替えて弓子を締め出してしまう。優雅な暮らしを続けてきた弓子だったが、とうとう住むところまでを失ってしまったのだ。

連絡を受けて政子が駆けつけた時、行くあてもなく路上をさまよう弓子の姿はホームレス同然。着の身着のまま、両手にしっかりと抱え込んだ薄汚れた袋の中には、命よりも大切な福田の借用書類がぎっしりと詰まっていた。

さらにその数週間後、追い討ちをかけるように思いもよらない話が飛び込んできた。弓子からの電話でその話を聞いた政子は「やはり」と思った。今回の一件には、まだ何か裏がありそうな予感がしていたのである。

それは父の死に関することだ。事故死ということだったのだが、そうではない可能性が出てきたのだ。実家の前の坂道で父が倒れる直前に、父の姿を見たという近所の人が、現場から走り去る人影を目撃したというのである。

その人は、実家前の坂道を下りたところに住んでいる西本さんの奥さんの聡子さんだ。坂の途中で倒れている父を発見し、一一九番通報してくれたのも、政子の長男の茂に知らせてくれたのも聡子さんである。

政子は聡子さんに直接会って話を聞いた。西本さん宅の居間に通され、テーブルを挟んで向かい合うと、聡子さんは気の毒そうな表情を浮かべて静かに語り出した。

平成一四年五月四日。父・義郎が倒れたこの日は、朝から晴天であった。夕方、夕飯の買い物から帰宅した聡子さんは、小学生の息子の英明くんを習い事に送り出す準備をしていた。

「英明！　早くしなさい！　遅刻するよ！」

英明くんは玄関まで出てきたが、鞄の荷物を出しては詰め直したりしており、まだ靴すら履いていない。聡子さんは先に玄関を出た。門のところまで来ると、ちょうどカラオケから帰宅中の父と出会ったという。

「あら、こんにちは」

「やあ、日が長くなり始めたねぇ」

お互いに会釈と他愛のない言葉を交わす。父はゆるやかな坂を上ってゆく。その後ろ姿を見送っていた聡子さんは、英明くんがまだ出てこないことに気付いた。玄関の方を向き直り、数歩足を進めたその時だった。背後の通りを誰かが全速力で走り抜けていく気配と足音を聞いた。聡子さんは思わず振り返ったが、その人はすでに門の前を通り過ぎ、塀の向こう側を走り抜けていくところであった。塀が邪魔して姿は見えなかったが、頭のてっぺんが一瞬だけ、見えたような気がした。坂の上から走り降りてきたようである。

――マラソンのトレーニングでもしてるのかしら？

「行ってきまーす！」

玄関から英明くんが元気よく飛び出してきた。

「いってらっしゃい！　車に気をつけてね！」

――やれやれ、やっと出かけてくれた。夕飯の準備をしなくちゃ……。

聡子さんが玄関に入り、戸を閉めようと振り返ると、出かけたはずの英明くんが門のところに突っ立って通りを眺めているのが目に留まった。

「英明、何やってるの？　早く行きなさい！」

英明くんはゆっくりと振り返り、

「お母さん、誰か倒れてるよ……」

英明くんはそう言って、坂の上の方を指差した。聡子さんは慌てて門の外へ飛び出し、坂の上を見上げた。するとそこには、父が仰向けに、頭を坂の下に向けた状態で倒れているではないか。

「山川さん！」

聡子さんはサンダル履きのまま父に駆け寄った。父は後頭部をアスファルトの路面に打ち付け、出血していた。血の「水たまり」に頭をのせているような状態だったという……。

「その人は奥さんがご存じの方でしたか？」

政子がそう聞くと、聡子さんはちょっと困ったような顔をして、

「ごめんなさい、それがはっきり見えなかったんですよ。誰だか見当もつかなくて。多分男じゃないかなぁ……」

政子はとっさに、一人の人物の顔が浮かんだ。

「足音をお聞きになったんですよね？　どんな感じの音でしたか？」

「固い感じの音じゃなかったから、運動靴でも履いてたんじゃないかしら……」

やはりあれは事故死ではない。政子はそう確信した。父は足腰が丈夫だし、お酒は飲まない。まだ明るい時間帯で、しかも通り慣れた道だ。何者かが父を突き倒して走り去ったに違いない。計画的に父を狙ったとしたら、逃げる時のことを

考えて革靴などは履かないだろう。運動靴を履いていたはずだ。

「塀越しに頭が見えたんですよね？　どんな感じの頭でしたか？」

「ええ……。でもほんの一瞬ですよ。黒っぽかったかなぁ……」

「父の頭から出ていた血は、水たまりのようになっていたんですね？」

「ええ、お父さんの頭がこうあって、そのまわりに丸くこんな感じで……」

聡子さんは両手で丸い形状を作って見せた。

「血は、坂の下に向かって流れていましたか？」

「いいえ、私が見た時は流れていませんでしたよ。本当に血の『水たまり』に頭をのせてるような感じで……」

倒れてから時間が経っていれば、血は坂の上から下に向かって流れ始め、丸い形状は崩れてしまう。つまり聡子さんが見た時は、倒れた直後だったということになる。

「お父さんを見送ってから、一分も経ってなかったと思いますよ……。あそこから一分もあれば、お宅に着いちゃいますもんね……」

　聡子さんの話から考えると、この走り去った人物は、時間的にも倒れている父に出くわしているはずである。つまり、そのタイミングで西本さん宅前を走り去ること自体が不審なのだ。この坂道はゆるやかで、両側には住宅が並んでいる。父が倒れていた現場は、それらの住宅のどこから出てきても、必ず視界に入るはずで、気付かずに坂を下ることは考えにくい。それともその走り去った人物は、倒れた父を見て、何の処置もせずに逃げたとでもいうのか。

「私もそのことを警察に言ったんですけどね、ほかに目撃者もいないし、私が見たことも曖昧で、男みたいだったってこと以外、何もわからないから……」

　警察は聡子さんの証言をまともに聞こうとしなかったそうである。

　この話を聞いてから、政子は父が亡くなった日のことをいろいろと思い返してみた。そうしているうちに、最も考えたくないことに気付いた。あの日、栄作は仕事が休みだったのである。茂が父を病院に運んだことに腹を立てた栄作。父が亡くなって悲しみひとつ見せず、待ってましたとばかりに離れから父の骨董品を持ち出す栄作。一刻も早く遺産を手に入れたいがために、父を殺したのか。

幼い頃からの栄作をよく知っている政子には、まったく信じられないことだ。そんなことができる子ではない。結婚するまでは親想いのいい子だったのだ。それが結婚してから、まるで別人格が乗り移ったかのような変わりようである。これは間違いなく、昭子の影響だ。菊名の札付きのワルだったという昭子が、栄作を変えてしまったのだ。恐らく、今回の黒幕は昭子だろう。栄作をそそのかして弓子を脅し、そして父も手にかけた……。栄作は善悪の境が見えなくなるほど、昭子に洗脳されているのだ。

西本さん宅を出た政子は、坂の上を見やった。そこからは栄作夫婦の家は、ほかの民家に遮られて見えない。このまま坂を駆け上がり、栄作の家に怒鳴り込みたい衝動に駆られたが、それは何とか腹の底に押しとどめた。鬼のようなやつらめ、絶対に許すものか。

第五章　その後の山川家

被害の告発

政子は弓子を連れて地元の警察署へ行った。被害届を出すためである。しかし、警察は刑事事件として立件できないという。それは弓子のこの言葉が理由だ。

「騙されたんじゃない。あれは貸したんです」

被害に遭った本人がこの一点張り。横から政子が何を言っても無駄なのである。それよりも、相談にのってくれた警察官が気になることを言った。

「妹さんは体のどこかがお悪いのでは？」

それは政子も以前から気にはなっていた。顔色が悪く、最近はとくに元気がない。ずいぶんと痩せてしまったようにも見える。

警察署を出てから、今度は弓子を病院に連れて行った。精密検査を受けたところ、ガンが見つかった。山川家はガンの家系ではないのに、この一年ほどの弓子の心身は相当に圧迫されていたであろう。最愛の父を亡くし、男に騙され、実の兄に脅され、地獄の底に突き落とされた。その辛さは本人にしかわかるまい。すぐに入院の準備をした。

一方政子は、刑事がだめなら民事と、知り合いの弁護士に相談した。弁護士は福田と二度ほど会って話をしてくれた。しかしその結果も政子たちを落胆させるものだった。

「騙したつもりはない、借りただけだ、と言い張るんですよ。現実に一部返済もしているようですし」

弁護士の言う通り、確かに福田は数回にわたり返済はしていた。しかし一度につき、五〇〇〇円程度の金額である。金額の多少にかかわらず、この行為により返済の意思があったと見なされるようなのだ。もはや八方塞がりというほかなかった。せめて盗られた金だけでも奪い返したかったが、それもできない。

また、弓子が福田に連れ回され、消費者金融から借りたものはもちろんすべて弓子名義である。すでに身ぐるみ剥がされていた弓子には、この借金を返す力は残っていなかった。もうこれは自己破産しか道はないと思い、弁護士に相談したが、またも冷酷な答えが返ってきた。

「相続で短期間にかなり大規模な金額が動いたため、いま破産宣告はできない」

もはや弓子を救ってあげる道は閉ざされてしまった。政子は姉として、してあげられることはないか、必死に考えたが、考えれば考えるほど、自分の無力を痛感するばかりだった。

弓子はいま、ある施設に入院し、病魔と闘いながら暮らしている。債務はすべて弁護士に依頼し、その後の処理は任せたため、債権者に押しかけられることがなかったのが唯一の救いだった。

今回の事件を政子なりに整理してみた。

事の発端は、弟の栄作と昭子の結婚である。もっとさかのぼれば、この二人が出会ってしまったことだ。いずれにしても二人が一緒になったことが、政子や弓子の悪夢の始まりだったのである。

昭子は「札付きのワル」である。優秀な姉妹に挟まれ、激しいコンプレックスを抱きながら生きてきたのだ。それから逃れるように、悪の道へと入っていった。どういう手を使って栄作をその気にさせたのかはわからない。しかし、事前に山川家の資産は把握していたであろう。財産目当てで栄作に近づいたのである。「札付きのワル」「年上の女房」の昭子の前では、気の弱い栄作はひとたまりもなかったに違いない。みるみる洗脳され、服従してしまったのだろう。

一刻も早く山川家の財産を奪いたかった昭子は、栄作にプレッシャーをかけていただろう。そのプレッシャーが、栄作を徐々に変貌させていったのだ。父の生前贈与に納得できなかった昭子は、まだ相続の済んでいない弓子に目を付けた。「弓子の取り分は根こそぎ奪ってこい」くらいのことは栄作に命令したはずである。

栄作は弓子に、

「おまえの取り分は長男である俺によこせ」

と言って脅したが、父の遺言書がそれを阻んだ。

そこで二人は一計を案じる。すぐにでも弓子に相続させ、弓子を陥れてその相続分を奪い取ることだ。そのためには父を亡き者にしなければならない。父が毎日のようにカラオケに通っており、夕方には帰宅することを弓子から聞いていた昭子は、それを栄作に伝える。栄作は自分の仕事が休みの日に、実家前の坂道の上で父の帰りを待った。

坂を上ってくる父の姿が見える。栄作は路上にも周囲にも誰もいないのを確認してから、一気に坂を駆け下り、全身の体重をかけて父に体当たりをした。そしてそのまま駆け下り、その姿を西本さんの奥さんに見られたのである。激しい衝撃を受けた父は声をあげる暇もなく、後ろ向きに倒れ、アスファルトに後頭部をぶつけて帰らぬ人となった。

いよいよ弓子の相続が済んだ。昭子は以前から知り合いであった福田に「もうけ話」を持ちかける。福田はその「仕事」を請け負った。福田は役者業もやっているため、この手の「仕事」にはうってつけだ。

昭子は、事前に福田に「ターゲット」を確認させておくため、弓子を福田の出演する芝居に連れ出す。そして極力、舞台に近い位置に弓子を座らせた。福田は公演中に舞台上から「ターゲット」を確認した。

　そして運命の日。昭子は弓子を井土ケ谷のカラオケスナックに誘い出す。福田も近くで待機していたはずだ。そして示し合わせたタイミングでほかの二人と入店、言葉巧みに弓子に近づく。弓子の性格や置かれた状況は、昭子や栄作を通じて筒抜けになっていたはずなので、福田がその演技力で弓子の心をつかむのは容易であった。結婚をにおわせるような甘い言葉で弓子を虜にしてゆく。姉と弟はしっかりしているとの事前情報から、釘を刺すのは忘れない。

「秘密にしておいて、あとでお姉さんたちを驚かそう」

　弓子は瞬く間に福田に惹かれてゆき、徐々に逆らえなくなっていった……。

　すべて証拠はない。証拠はないが、政子はこの「読み」は当たっていると、いまでも確信している。栄作がどのような手段によって昭子に服従させられていったか、知る由もない。父が、目の前に鬼の形相で突進してくる我が息子の姿を見た時、一体何を感じたのだろう。それらは闇の中である。

鬼たちのその後

その後弓子は、福田や昭子には接触していない。念書を渡して以降、福田は弓子の前から姿を消してしまった。いまだに消息は不明のままである。

あとで聞いたことだが、福田は海老名で雑貨店を営む傍ら、その店舗の二階部分を利用して占いまがいのこともやっていたということだ。昭子は一時期、パートで海老名に働きに行っていたことがあるから、二人の接点はその時にできたのだろう。弁舌爽やかなイケ面男に、おそらく昭子はあっさりと洗脳され、そしてその昭子に栄作も洗脳されていたのかもしれない。金づるを探していた福田に、金を奪いたい相手がいる栄作夫婦がうまく利用されたのだろう。今回の黒幕は案外、福田だったのかもしれない。

その福田は、昭子らとも仲間割れしてしまったようである。どうも弓子から奪い取った金の分け前を巡ってのことらしい。金の切れ目が縁の切れ目というが、金があってもそれを持っている者どもに人間の心がなければやがて関係性も潰えるということか。彼らを繋いでいたのは結局、金だったのだ。金の亡者どもらしい結末である。

そして栄作と昭子も、いまでは政子たちとの一切の連絡を絶っている。栄作と昭子は一人息子をテレビの子役としてデビューさせた。有名なテレビＣＭの子どもタレントのオーディションに応募、二〇〇〇人もの応募があったにもかかわらず見事に勝ち抜いた。ＣＭ出演のほか、人気のバラエティー番組などにも出演させた。この頃の栄作夫婦の収入はかなりのものだったらしく、それがかえって栄作の人生を狂わせることにもなる。息子のギャラのほか、父からの遺産も使って、千葉と横須賀に家を買ったのだが、その借り手がなく、借金だけ背負ったまま、自宅二軒とそれらを手放すことになった。

父親譲りの内気な性格の息子はその後、ひどいいじめにあったようである。芸能界はいじめが多いところだそうだから、相当辛い思いをしたかもしれない。学校でもかなり激しいいじめを受けたようで、出演していたCMのイメージが定着してしまっていたため、本名で呼んでくれる人がいなくなったとも聞いている。そんな状況から次第に体調を崩し、三〇歳になる頃には「廃人」のようになっていたそうである。タレントとしての収入もなくなってしまった。倍率の高いオーディションを勝ち抜き、芸能界にデビューしたのは見事だったが、果たしてそれは彼が望んだことだったのだろうか？　両親の金儲けに利用され、それがために人生を棒に振ってしまった犠牲者という見方はできないだろうか……。

莫大な借金だけが残った栄作は、坂道を転げ落ちるようにその生活状況を悪化させていった。ある時など、栄作が泣きそうな声で政子に電話をしてきたことがあった。

「姉さん、金貸してくれよ。家賃をもう五ヵ月も滞納してるんだよ」

弓子を陥れ、そのすべてを奪うことに一役買ってしまった栄作が虫のいいことを言うものである。

「年金もらってるんじゃないの？」

　政子がそう聞き返すと、

「女房の借金の担保にとられたんだよ。五年間凍結されてるんだ」

　弓子を苦しめてきた栄作のこの惨状。自分自身も同じ苦しみを味わっていると は。皮肉なものである。

　風の噂では、栄作夫婦は現在、逗子に住んでいるということだ。夫婦そろって脳梗塞になってしまい、昭子はほぼ寝たり起きたりの状態らしい。比較的症状の軽い栄作が車の誘導係の仕事に就いて、昭子と息子を食べさせていたこともあるようだが、脳梗塞の影響からか、仕事でも物忘れが多く、会社のバイクをどこかに置き忘れてくることなどもあったようで、ついには会社を解雇となってしまったようだ。その後、大手薬局の駐車場で働いているという噂である。

エピローグ

政子と弓子は、住人のいなくなった離れの前に立った。背後はかつて、政子たちが暮らした実家の母屋があった場所である。いまはまったく面影がないが、いろいろな郷愁が政子の脳裏を行き交った。父や母、弟や妹との思い出がたくさん詰まったこの土地には、思い出はあるが、必ずしもいい思い出ばかりではなかった。結婚して人が変わってしまった弟と、結婚を諦めていた妹の、それぞれの思いが交錯し、それがこの土地全体に暗い影を落としてしまった。

弓子は何を思っているだろう……。懐かしい離れをじっと見つめている。この土地に一番長く住んでいた弓子には、いろいろな思いが去来しているだろう。

母屋があった方向を振り返った。遺産分割のために取り壊し、人手に渡してしまったあとは、五軒の大きな民家が建ち並んでいる。政子たちとは縁もゆかりもない人たちが住んでいるのだろう。

思えば広い庭だった。大きな動物は飼ったことがなかったが、いまから考えれば犬でも飼っておけばよかった。とにかく広いのだから、さぞ楽しく走り回れたことだろう。

たくさんの樹木が植えられていたことを思い出す。栗、ムベ、スモモ、梅、みかん、夏みかん、みょうが、椎茸……。そういえば柿の木は二十八本もあった。実りの秋を家族みんなで楽しみにしていたことが懐かしい。庭の一角には、父が趣味の盆栽を並べているところもあった。プロ級の腕前を持つ父のおかげで、美しい盆栽を眺めることができた。

秋には父がたき火をし、畑で採れたサツマイモで焼き芋を作ってくれた。近所の人たちも集まって、旬の味覚を美味しく楽しくいただいたものだ。いつも同じ場所でやるため、そこだけが大きな穴になっていたのが脳裏によみがえってくる。

幼い春彦が、宝探しだといっておもちゃの木箱を埋め、あとで見つからなくなって大泣きした、あの場所はどこだったろう？　結局見つからないまま、父が新しい木箱を買ってくる羽目になった。

大きな池もあった。大小の美しい鯉がたくさんいて、政子の息子たちを楽しませてくれたものである。政子の家の建前の日、まだ三歳だった息子の茂が落ちて、ずぶぬれで政子の前に現れたこともあった……。


「さあ、もういいでしょう。行くよ」

政子は弓子を促して思い出の坂道に出た。かつて実家があった方向を背にして、二人でゆっくりと坂道を下っている時、途中で弓子が立ち止まった。弓子は振り返り、面影もない実家の方を眺めている。

「どうしたの？」

政子が聞くと、弓子はにっこりと笑った。弓子が久しぶりに見せた笑顔だった。

「お姉さん、あのね、私、ここから見えるおうちが一番好きだったの」

政子も弓子の隣に立って、実家があった方向を眺めてみた。もう跡形もなくなった実家だが、じっと見つめていると、記憶の中からその風景がぼんやりとよみがえってくる。周囲のほかの住宅よりもやや高い位置にあった実家は、確かにこの位置からだと二階部分はもちろん、一階の玄関の屋根から裏の風呂場の屋根、さらにその奥の離れまでもがすべて見渡せた。二階建ての和風建築は、ここから見るとお城の天守閣のようにも見えたものだ。

「外から帰って来る時、ここまで歩いてくると、おうちが見えてね、何だか安心できるんだ。嫌なことがあっても、ああ、あそこに入ればお父さんもお母さんも春彦も待ってくれてるって思えてくるの」

そう言って弓子はいつまでも「記憶の中の我が家」を見つめていた。政子は後ろから弓子の両肩に両手をそっとのせた。

「弓子、まずは頑張って病気を治そうよ。また元気になれば好きなこともできるんだから」

ふたりは再び「記憶の中の我が家」に背を向けて歩き出した。

思い出は美しくよみがえってくる。しかし、それを思い出す時の、その人の置かれた状況や心の状態次第では、同じ思い出でも美しくも見え、どす黒くも見えてくる。思い出を美しいままにしておくには、いまを一所懸命に生きることだ。そして悩みも苦しみもなくなった時、遠い思い出は静かに輝いてくれるのかもしれない。

完

著者プロフィール

伊勢 さつき（いせ さつき）

1937年、横浜市生まれ。川崎市在住。
日本作家クラブ会員。
全国カラオケ指導協会会員。
観相学鑑定師。
全国民話語り講演、司会、ボランティア活動などにも精力的に取り組んでいる。
著書に『「パットン」と呼ばれた女』（文芸社）がある。

仮面の花嫁

2014年3月15日 初版第1刷発行

著 者 伊勢 さつき
発行者 瓜谷 綱延
発行所 株式会社文芸社
〒160-0022 東京都新宿区新宿1－10－1
電話 03-5369-3060（編集）
03-5369-2299（販売）

印刷所 株式会社エーヴィスシステムズ

ISBN978-4-286-14548-8